U0509234

编委会

总策划　郑水泉　许礼平

主　编　贾铁英　李贞实

副主编　刘春荣　许乐心

执行主编　张　丁

编　辑　张颖杰　陈姝婕　王　玮

思想之光

陈独秀、李大钊等信札手迹

中国人民大学博物馆 编

人民出版社

责任编辑：侯俊智
责任校对：秦　婵
装帧设计：石笑梦

图书在版编目（CIP）数据

思想之光：陈独秀、李大钊等信札手迹 / 中国人民大学博物馆 编 . —北京：人民出版社，2023.7
ISBN 978 – 7 – 01 – 025604 – 7

I. ①思…　II. ①中…　III. ①书信集 – 中国 – 现代　IV. ① I266.5

中国国家版本馆 CIP 数据核字（2023）第 096189 号

思想之光——陈独秀、李大钊等信札手迹

中国人民大学博物馆　编

人民出版社 出版发行

（100706　北京市东城区隆福寺街 99 号）

ISBN 978 – 7 – 01 – 025604 – 7

北京雅昌艺术印刷有限公司 印刷　新华书店经销

二〇二三年七月第一版　二〇二三年七月北京第一次印刷

开本：889 毫米 × 1194 毫米 1/16　印张：9.75　字数：80 千字

定价：198.00 元

邮购：人民东方图书销售中心　电话（010）65250042　65289539

版权所有 · 侵权必究

目录

序言：从五四学人的尺牍中寻找旧岁的思想之光

孙　郁

民国学者的尺牍现在热起来了，最受青睐的大约是《新青年》同人的遗墨，它们成了一些收藏者寻觅的对象。文物界向来有公藏与私藏之说，二者近些年都很活跃，诸多鲜见的藏品渐渐走进人们的视野，一时成为话题。我过去在博物馆系统工作，接触最多的是周氏兄弟的遗稿，偶然遇见钱玄同、胡适、刘半农的旧物，受益的地方都很多。那时候也很留意其他新文人的遗迹，但苦于没有门径。一些私藏秘而不宣，交流的空间有限，也抑制了学术研究。民国的知识人，旧学的基础好，又多是翻译家，词语被域外思潮冲洗过，交叉着古今中外之音。这些人的行迹，得之不易，这也从另一方面说明，从文物角度来研究文化史，比从文本到文本思考问题，要有一定的难度。

自从许广平先生将鲁迅遗物捐给国家，五四时期思想者的手稿有了真正意义上的公藏。鲁迅藏品中也能够看到章太炎、胡适、周作人、许寿裳的手迹，看得出清末民初一些文化旧影。此后各大博物馆也开始重视民初的资料搜集整理工作，许多文物有了流通的渠道。大约二〇〇三年，新文化运动纪念馆从钱玄同家人那里征集到了一批文物，共计 2485 件，诸多珍贵的资料面世，让世人看见了《新青年》同人的另一侧面。也是那个时期，江小蕙先生向鲁迅博物馆捐出父亲江绍原的藏品，内中包含鲁迅、胡适、周作人、蔡元培、林语堂、郑振铎、郭沫若等二十人的159封信。博物馆将其编辑出来，问世后引起了学界的注意。书中有江小蕙写的研究心得，历史的细节变成了活的风景。不过，在多年的文物征集中，很少见到陈独秀、李大钊的旧物，这是一个大的遗憾，研究那个时期的文物文献，没有这两位前辈的资料，就缺少了整体性。而寻找工作，多少年来一直没有停止过。

二〇〇九年春，从美国转来一批胡适藏品，主要是陈独秀与梁启超的尺牍。受国家文物局有关部门委托，我参加了这批文物的鉴定工作。记得地点在北大的塞克勒考古与艺术博物馆，到场的人都有一点兴奋，如此多的陈独秀遗物，让在场人大饱眼福。这些胡适保存的珍品，字迹的美不必说，就思想内容的丰富而言，非一两篇文章可以说清。资料牵扯出新文化史重要的事件，也透出彼时文化的风气。有趣的是，胡适的这些藏品后来均被中国人民大学博物馆所收藏。我自己也亲历了拍卖、转手和入藏的过程。

陈独秀的遗墨，在世间留下的很少。据我所知，除了周作人保存了一点外，台北的台静农有一些信札，北京的方继孝藏有陈氏《甲戌随笔》原稿，余者见之不多。由此看来，这批新收藏的陈独秀墨迹，显得十分难得。陈氏的字灵动而飘逸，精熟至极，古风习习中，难掩冲荡之气。他与友人谈翻译，讲国故，说文风，都看出不凡情怀。陈独秀是新文化运动领袖，也是中国共产党创始人之一，他何以左转？与同人交往的方式怎样？于此皆可看出线索来。

胡适藏的文献远不止这些，后来嘉德拍卖公司拍卖的另一部分藏品，内容也十分特别，不久均被香港的翰墨轩所收藏。这些本是同时期的文献，与中国人民大学博物馆的藏品放在一起，就有了完整的感觉。翰墨轩收藏的文物，最难得的是李大钊写给胡适的十页信，其温和的笔触和毅然的态度，有教科书里难见的风采。李大钊去世过早，文字多散失了，他在新文化运动中起到的作用，自有特别之处。鲁迅对于他与陈独秀的印象都很好，虽然彼此交流有限，可总有些相通的地方。《新青年》同人在对传统的看法与对新文学的态度，没有多少分歧，但如何面对现实？知识人走怎样的道路？就思路有别了。这些都影响了后来风气的转变，细细思量，连当事人自己，也未必预料到那选择对于后来的震动之大。

《新青年》同人内部的分歧，不像后人想象那么剧烈。同样，他们与非激进学人的关系，也非有些教科书写的那么紧张。论辩是有的，但私下的交往，有时甚至有点热烈。梁启超与胡适的通信，就别有滋味，他与朋友谈诗的口吻，全无隔膜之感。关于时局的认识，能够和而不同。新文化人的文章观念和审美趣味，有些是以超越梁启超为起点的，但在学问上彼此也有交叉的地方。如陈独秀、鲁迅和梁启超一样，都欣赏墨子，从墨学中受益多多，而反思国民性格，词语都很接近。梁启超虽然不满意胡适的学术观，但在对于旧诗写作方面，多有沟通。这是学术史中的趣事，对于了解彼时学界风气，都有补充作用。

这一本书是中国人民大学博物馆与香港翰墨轩所藏的胡适藏品的结集，分散于南北的文物聚在一起，十分难得。张丁等先生的努力，为读者提供了阅览与研究的方便。收藏文献的目的是保持原貌，而全彩影印出版则有流布世间的善意。公藏与私藏，完全可以相得益彰，本书就是有趣的合作，它背后的故事，说起来也值得感怀。有薪火的传递者在，精神的热度是不会消失的。

看百年前人的文字，有时感到词语背后陌生的逻辑，表达中交织着复杂的背景，政治元素与审美元素彼此纠葛，能够觉得有六朝的气韵袭来，那直面社会的目光，穿透俗界。而有时候面对彼时思想者的尺牍，深感于他们的率真与有趣，这是我们在旧式士大夫的笔墨中不易见到的。年轻的时候看前人的东西，思之甚少，待到过了中老年开始整理相关文献时，才知道要弄清其间的来龙去脉，需做许多功课。然而代际的隔膜，也影响了有时的判断，走进前人世界，不像想象的那么容易。

前些年，我与朋友策划过一些作家手稿展，就笔墨功夫而言，清末民初那代人的修养，最为难得。像章太炎、马一浮、陈独秀、李大钊、周氏兄弟，都各臻其妙，他们的字好，缘于学问之深。我曾经在张中行先生书房看过许多老北大学人的手札，阅之如沐春风，内中当可感到文化演进的波澜。我猜想，张先生的文章，有的灵感来自这些尺牍也说不定，好像辞章于此沐浴过，也染有了某些浑厚之气。读字也是读人，展卷揣摩之间，觉与识、神与趣均在，说起来，也是进入历史的方式。世人喜欢收藏五四那代人的尺牍，原因各异，但迷恋于旧岁的思想之光，大致是相似的。

二〇二一年三月十九日

（作者系中国人民大学文学院教授、博士生导师）

壹

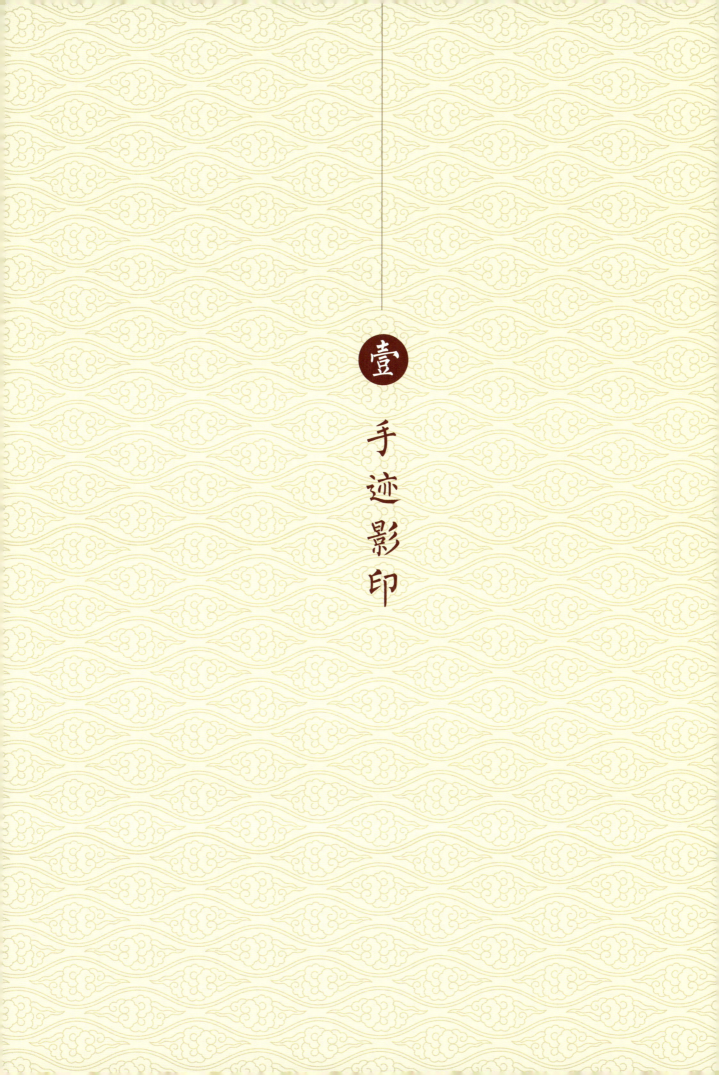

手迹影印

陈独秀、钱玄同致胡适等信札十三通

适之
守常 二兄：

日前因《新青年》事，有一公信寄京，现在还没有接到回信，不知大家意见如何？

现在因为《新青年》六号定价及广告的事，一日之间我和群益两次冲突。这种商人既想发横财，又怕风波，实在难与共事，《新青年》或停刊，或独立改归京办，或在沪由我设法接办（我打算招股自办一书局），兄等速

锦云堂监制

足下何如，请速速赐知。

罗素全集事，望告申甫、志希二位极催进行，要是编译家可不成，我也希望、设法自行出版。

守常兄言和陶履恭君所拟的社会问题丛书，不知道曾否进行中否、

我因为以上种种原因，以自己发起一个书局

子，章程我已拟好付印，印好寄上，请

锦云堂监制

兄等竭力助其成，免得他们说书人只会空谈，书商的压制。此书局成立时，拟请洛声兄南来任其发行经理，不知他的意见如何，请适之兄问他一声。

弟仲甫

五月七日

回信望直寄本寓，不要再由群益或亚东转交。又及。

锦云堂监制

适之兄：

群益对于新青年的态度，我们自己不能办，他便冷淡，假叙令人难堪；我们认真自己要办，他又不肯放手，究竟应如何处置，请速速告我以方针。

附上正报骂你的文章，看了只好发笑；劇子先生会受这种人的唆使，终竟是意识的事，牺牲了极不易得之宝贵时间，实在可惜之至。倘然此教會學校果然因此停辦，那更是可惜了。你可邀同教職員請劉先生主持此大單獨開課，不上課的學生大可請他走路，因為這種無意識的學生，留校中沒有好結果。政府的強權那何國之應當反抗，社會群眾的意見謬舉動那何也應當反抗。

弟仲白。

五月十一日

錦雲堂監製

适之兄：

快信收到已复。十四日的信也收到了。条复如左：

（1）"新青年社"简直是一个书社的名字，不便招股。

（2）《新青年》越短期越没有办法。单是八卷一号也非有发行所不可，垫付印刷纸张，也非有一万元不可，试问此款从那里来？

（3）著作者只能出稿子，不招股集资本，印刷费从何处来？著作者协商办法，只好将稿费算入股

錦雲堂監製

东；此本钱招不出一文之外行，所以失败了。

(4)若招不着股东，最大的失败，不过我花费九角小洋（印章程的）。若不招外股东开创起来，全靠我们穷书生协力，恐怕是难持久的。

独对于群益不满意不是一天了。最近是因为六号报定价，他主张至少六角不可，经我争持，才定了五角；同时因为均风潮又要撤销广告，我自然大发穷气。衡容以他便表示不能接办的态度，我只好绝对将新代那是了，做不出的。群益欺负我们的事，十张纸也写不完。

仲甫。五月十九日

锦云堂监制

适之兄：

群益不许我们将新青年给别人出版，势非独立不可。我打算兴文社即便立，也和新青年社分立（和一二关系密切的书发行所，就在各处寄售发行。），惟发行所合组一处，拟为营业者。又七卷一号的稿子，请吾兄通知同人作速寄下，以便付印。此时打算少印一点（若印五千，只需四百余元，不知北京方面，能筹得否；倘不能此数，就有一半，我亦再设法。），只好至看纸价落时可以来印。吾兄以为……

锦云堂监制

和兄所说都有一篇文章在这几，但都是从前译稿，所

再去做一篇吗？因为初稿之自由的材料只

要加好，等不可减损。

(1)孟和兄的夫人续译的新闻记者

(2)守常兄做的李卜克奈西已廿节

(3)申甫兄译的罗素心理学

(4)启明兄译的小说

以上四种，请你分别催来。

独秀白

五月廿五

锦云堂监制

各盡所能，各取所需。

第　號第　頁

年　月　日

一涵兄：

你們回國時及北京來信都收到了。

「互助論」既經李石曾先生已譯成，就快出版，所以便不必再複譯了，你可以就近派人向他索。

西南大學早已宣告死刑了。

你擬編的「社會主義史」很好，我以為名稱可用「社會主義學說史」，似乎才可以和「社會主義運動史」分別開來。現在李季君譯了一本Kirkup的「社會主義史」，似

勞工神聖社製

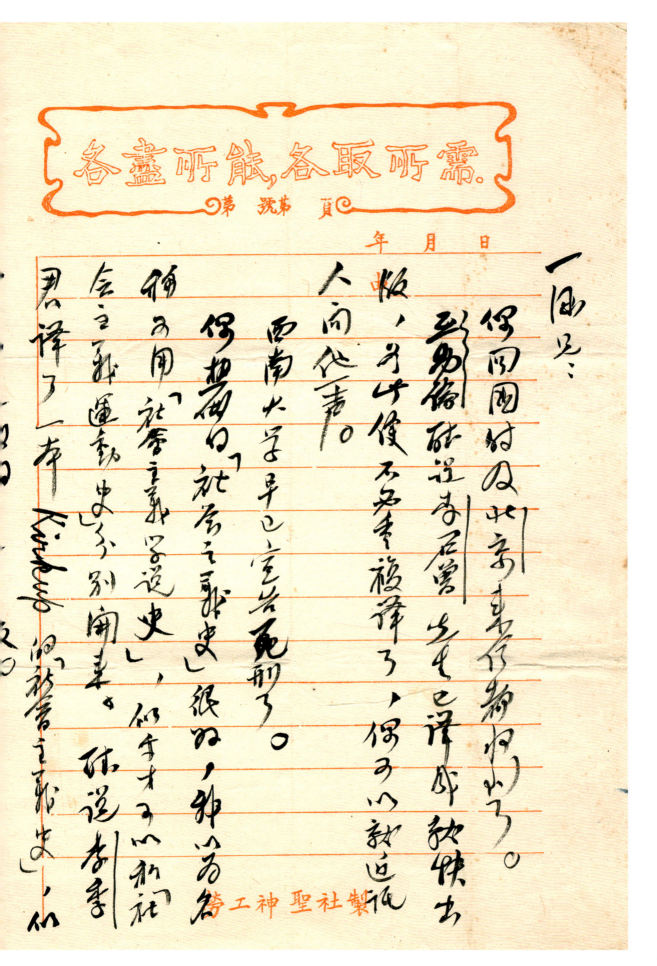

〔五〕陈独秀致高一涵　一九二〇年七月二日

各盡所能，各取所需。

第　號第　頁

年　月　日

由

新青年八卷一號，到下月一號非出版不可，請告適之、洛聲二兄，速將存款及文稿寄來。

興文社已收的股款只有一千元，招股的事，請你特別出點力才好。

適之曾極力反對招外股，而今新青年編輯同人無一文寄來，可見我招股的辦法未曾想錯。

文稿除孟和夫人一篇外，都不曾寄來，長久如此，新青年便要無形取消了，奈何！！

獨秀白。七月二日

勞工神聖社製

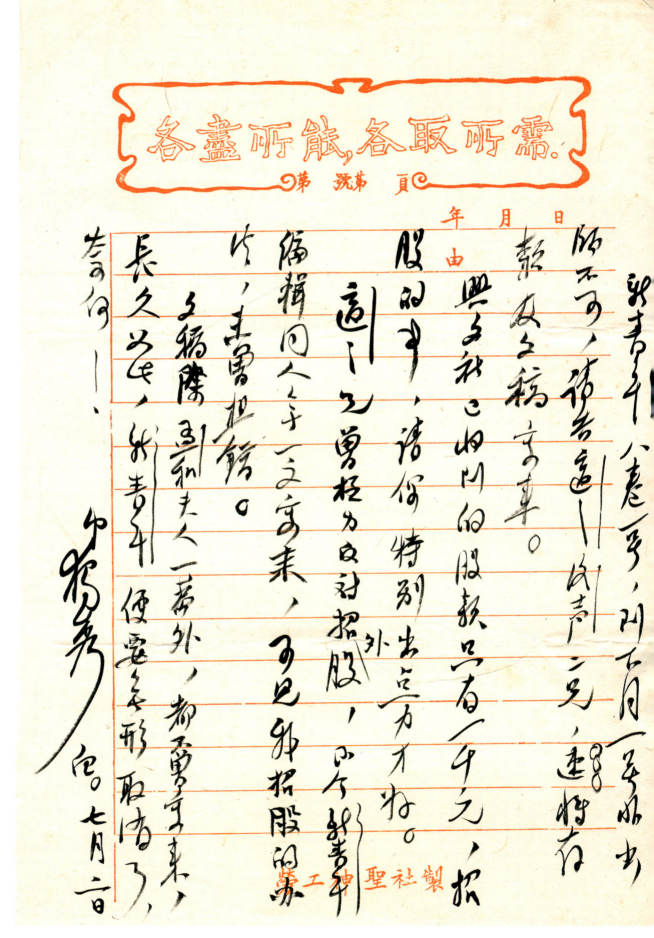

（五）陈独秀致高一涵　一九二〇年七月二日

适之兄：

新青年已令编辑部汇百本到守常兄处转给你（他那里便用人多些，便于分送），除我们赠送的七十本外，为何廿本，这可以当守常的书看是否适宜。

说教育事，北京和南京不能得全体赞成，即陶知行也有许多人反对，何况王伯秋！！

弟独秀。九月五日

青云阁监制

〔六八〕陈独秀致胡适　一九二〇年九月五日

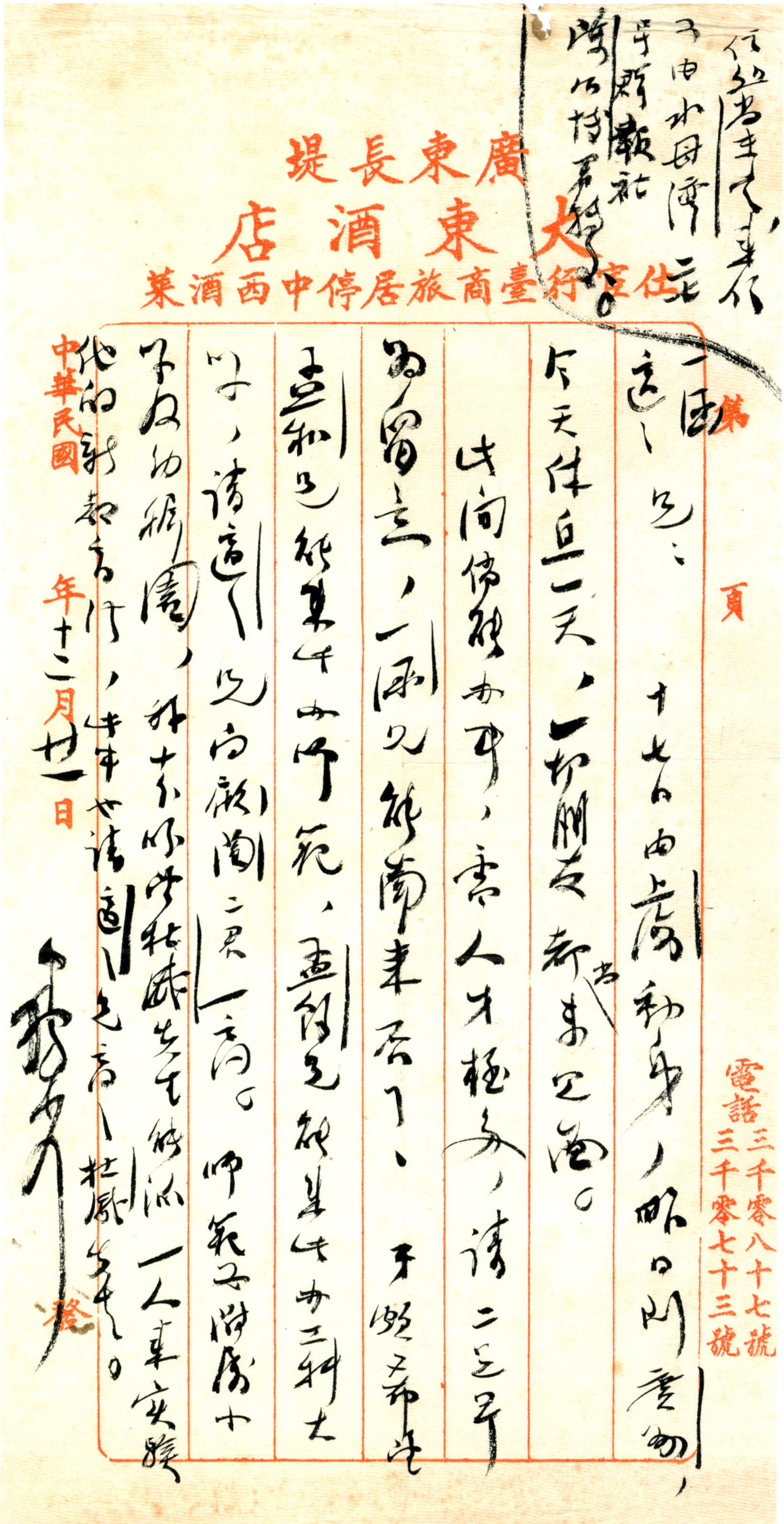

广东长堤

大东酒店

仕宦行臺商旅居停中西酒菜

第　頁

一涵
适之兄：

十七日由上海动身，昨日到广州，今天休息一天，一切朋友都未见面。

此间倚赖办事，需人才极多，请二兄早为留意。一涵兄能南来否？守常兄能来此办师范，孟和兄能来此办工科大学否？请适兄向彼间二兄一商。师范需附属小学及幼稚园，并希望杜威先生能派一人来实验他的新教育行，此事也请适兄商之杜威先生。

独秀

中華民國　年十二月廿一日　發

電話三千零八十七號　三千零七十三號

仁如寄来者作
可由北大日刊登之。
平民教育社
陈仁侍君转交

〔七〕陈独秀致高一涵、胡适　一九二〇年十二月廿一日

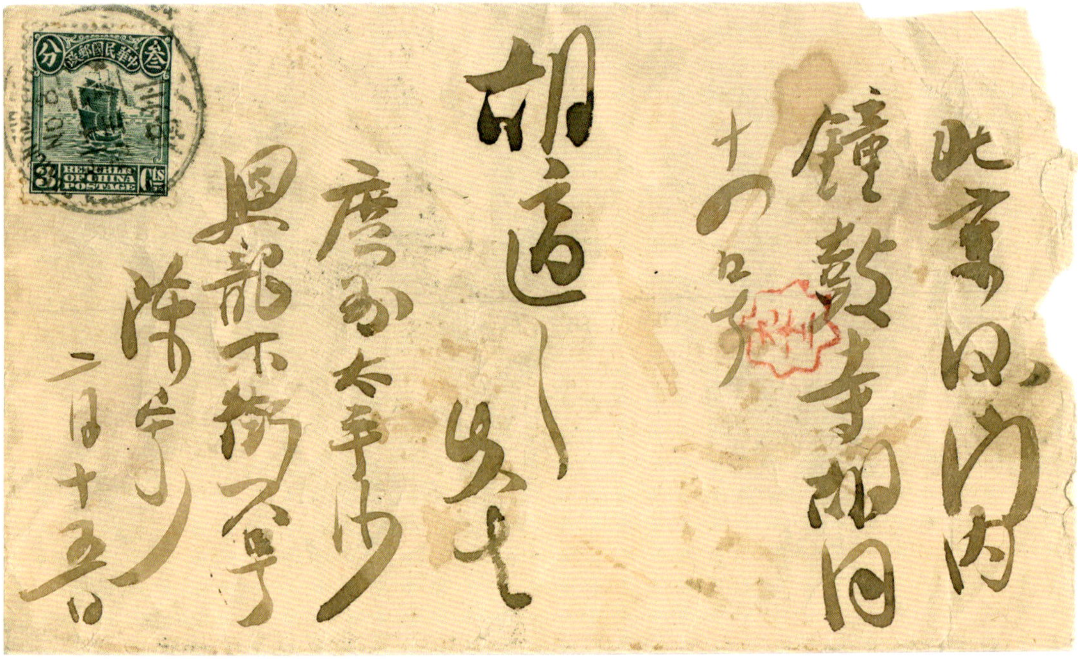

〔七〕陈独秀致胡适信封　一九二一年二月十五日

適之：

示悉。

那第三个办法，照你所说的做去，我也很赞成。

诗经底双声叠韵谱，邓廷桢曾经做过一部。好像王筠也做过，我记不真切了。你何妨问问颉刚？

仲甫本是一个鲁莽的人，他所说那什么研究系底话，我以为可以不必介意。我很希望你们两人别为了这误会而伤了几年来朋友底感情。你以为然否？

TUBEXL

再：广东，上海，本来是一班浮浪浅薄的滑头底世界。国民党和研究系，都是「一丘之貉」。我想，仲父本是老同盟会出身，自然容易和国民党人接近，一和他们接近，则究在别人的眼研究系的论调，就不知不觉地出来了。

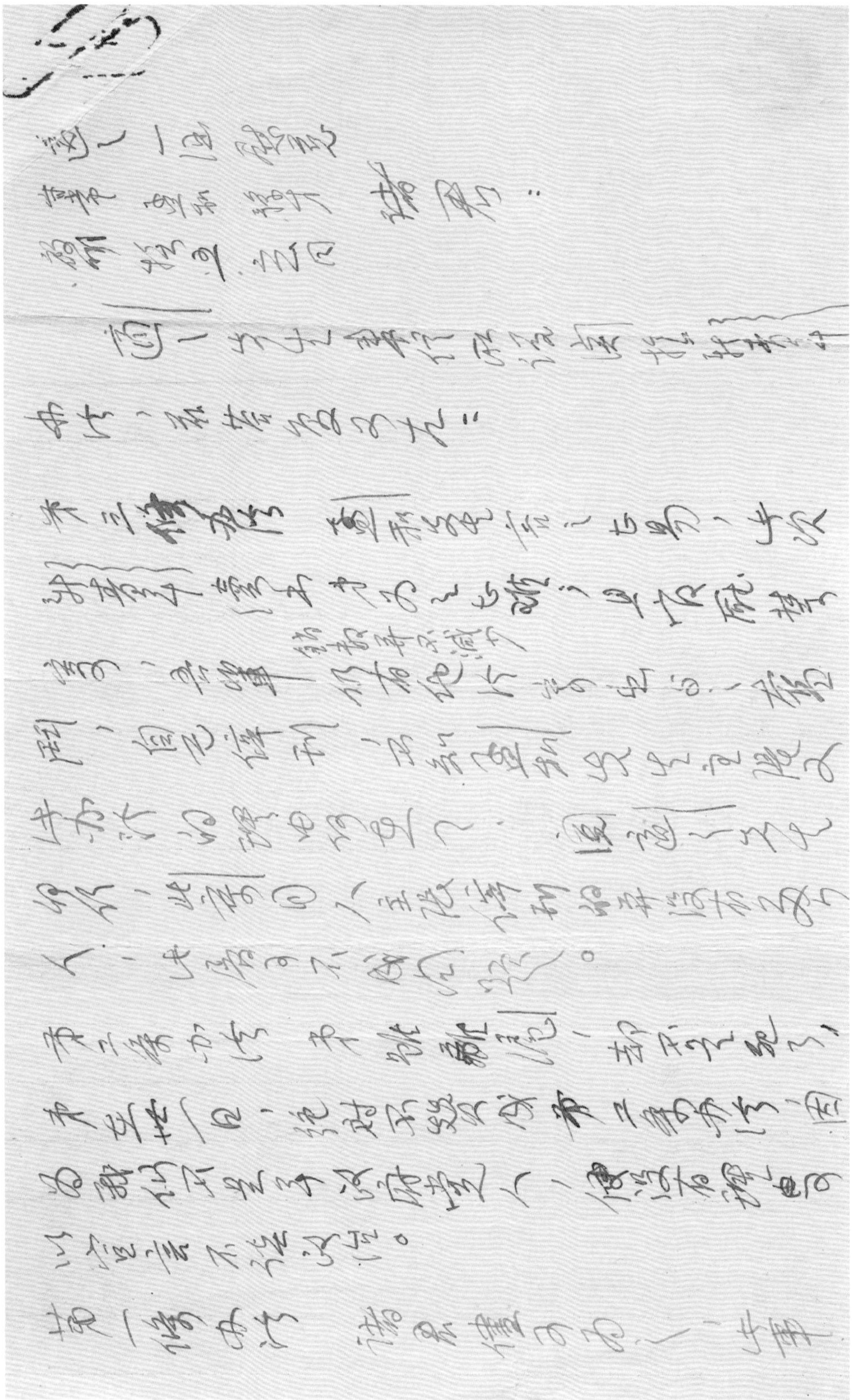

〔九〕陈独秀致胡适、高一涵、张慰慈、李大钊、陶孟和、鲁迅、周作人、王星拱、钱玄同诸君　一九二一年一月九日

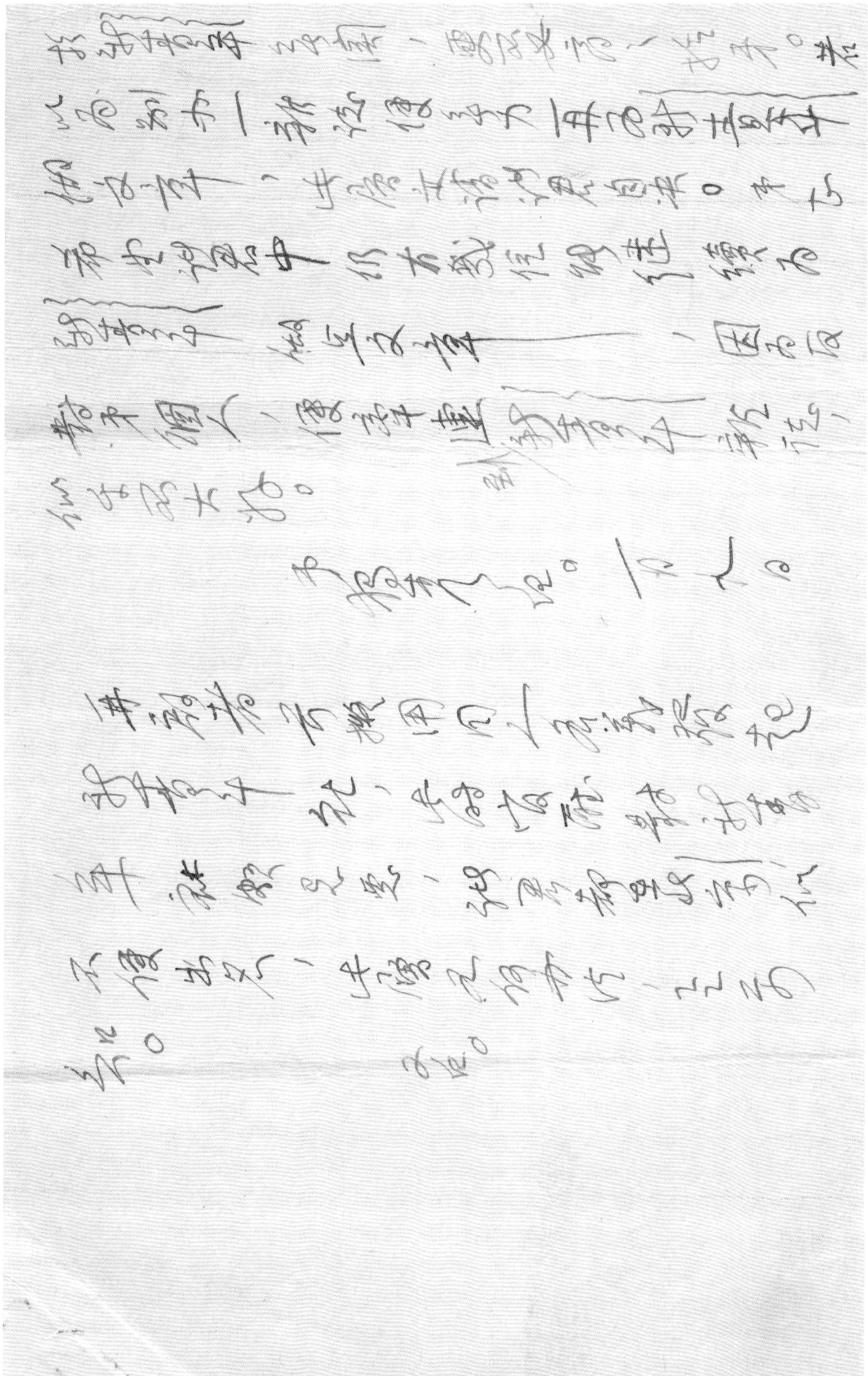

〔九〕陈独秀致胡适、高一涵、张慰慈、李大钊、陶孟和、鲁迅、周作人、王星拱、钱玄同诸君　一九二一年一月九日

适之兄：

昨晚我接到你请人吃茶的帖子，我今天因为儿子患白喉未愈，要陪送医院买药，下午四时以前不能来。新青年事，我的意见，已详答陈来函之末尾，又前星期六到有一信给启明。即使下午能来，意见亦是如此。至于此议之结果，我自然服从多数。（若"移京"和"别组"两说各占半数之时，则我们站在"别组"一方面。）

还有要声明者，我对于新青年，两年以来，未撰一文。我去年对罗志希说，"如我这个人，还有一线之希望，亦非在五年之后不发言。"这是我终对于新青年决不做文章的意见。所以此次之事，无论别组、移京，总而言之，我总不做文章的。（无论陈独秀、陶孟和、胡适之……办，我是一概不做文章的。绝非反对某某，实在是自己觉得惭愧。）注明。

1

適之兄：

久不通信了。聽到近日所說你向我要北上書，我現在回答你，我只要

阻制、參與善後會議，已為吾[illegible]

看適之的道理。我近來本想以內亂犯的資格到此案去見章總長，

但因現在羈身，不能作此游戲。

現在有人為了去以參議資格

民國　年　月　日　第　號

2

的人，涉極鳴高，自然比同流合污

者稍勝，然終以加入奮鬪為上乘（弟

曾發刊民生不否作主义以待）。因此，

先毅然出席善後會議去嘗試一下，

報紙上頗有人反對，弟却以為先生出席

為是。但這裡有一個重要問題，就是

先生在會議席上，務須拿出自己，

不至失去中國近代大著作家胡適

民國　　年　　月　　日第　　號

的身分才好。近聞何和政府党合办一日報，若果是事實，却不大妥。至少理論上說政府和國家人民的利益是一致的，至少事實上說政府將來的運命如何，至少也都應該細心考慮一下，使勿為一二黨之於攫取眼前的權與利者所鼓惑所利用之私彼輩之所為，尤不攫取眼前的權與利，以助的所得了。彼輩固安心為楊度孫毓筠，

民國　年　月　日　第　號

也不必為劉申叔！　弟明知吾兄未必肯納此逆耳之言，然以朋友之誼應該說出才安心。弟願為吾兄計，所且以不得不跳此火坑，吾兄之不可不又悔。弟前以逆耳之言，觸狗鐵錫之怒，此信或又要觸兄之怒，然弟不顧計及此也。此祝

著安！

弟　仲甫　啟。

民國　年　二月　五日　第　號

一

適之：

昨读你有在四代，十分高兴。

前此指摘[illegible]、特此谢罪。然后说

里去说"一时的不愉快"，生活所[illegible]之

不能（完全）从近年相，或不免有点近年

的狂热罢了，一笑。我弟兄以对

你参加善后会议，固不将心何有

什么私利私图（所以这些话都未说及），[illegible]有所会之思

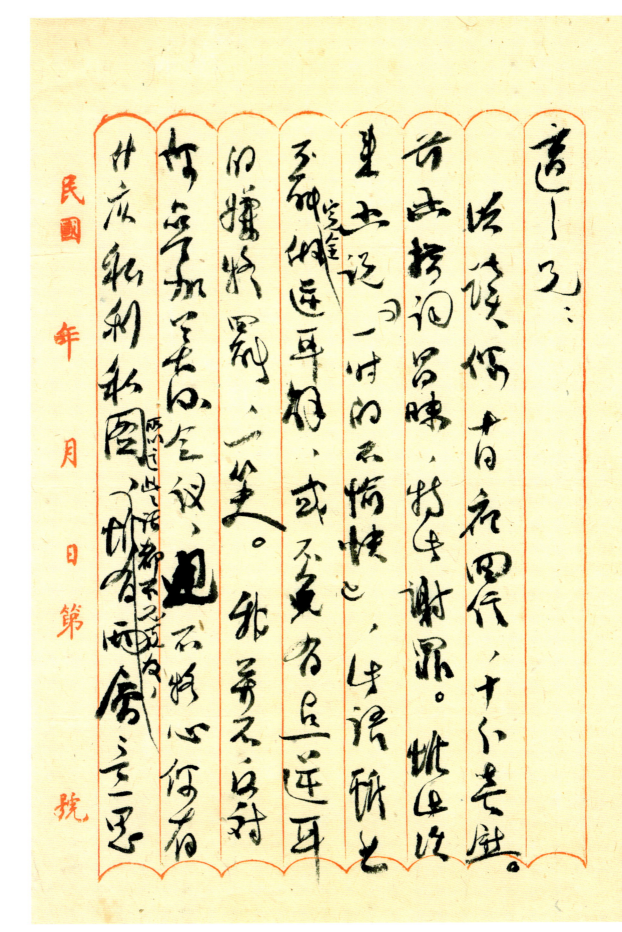

民國　年　月　日　第　號

二

還要向你再說一下。以後會議
中你要看我們為國家為人民
說話，無論于那上去，總要嘗試一
下，才能以表示你參加會議的態度
和別人不同，以準備了若干會議求的
解決何以失敗的內幕來，還太不
夠。（二）接近政府黨之一層，我們再不
是說你有「知而為之」的危險，是恐怕

民國　年　月　日　第　號

三

你所謂「無知」的危險，林、湯及[illegible]都是了不得的人物，都非常書生，那是他們的對手！你和他們三位竟合辦一日報，還是王[illegible]之書了。申報通信告訴我的，[illegible]時事，我們莫是不足云。又申報新聞報北京通信都說你和湯、林為段做留聲機器，研究系的會議派別中，直把你列在準安福系，

民國　年　月　日　第　號

の

我们固然不能抹杀这是事实，然而适之呀！你的老朋友见了此等新闻，怎不难受！

我说了这一大篇，并不要你自作辩，使这问题收了，我以为只有继续办努力周报，以公布你的政治态度，以解释外面的怀疑。努力做去，虽然也不能尽情发挥，但在可能的範圍內說幾句必[?]需要說的話，至於你的環境逼迫[?]以做的[?]，似更可利用此時機會，因為此時機會勢不能長久存在也。我不大願多[?]言了。

弟仲甫上。二月廿三日

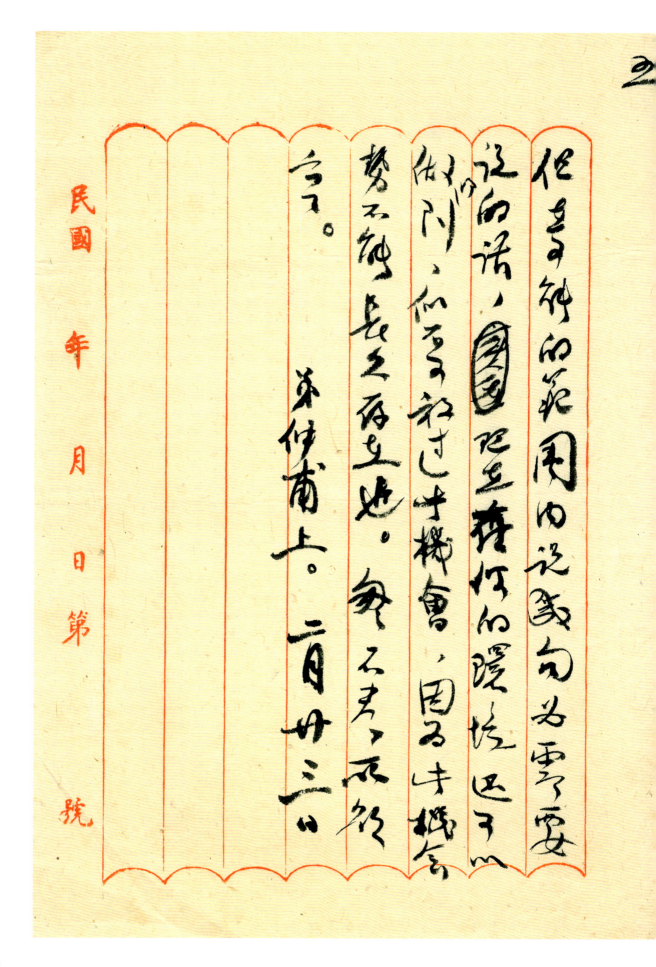

民國　年　月　日第　號

适之先生：

你回国，我不能去迎接你，只好以此函为代表。我现在要求你两件事：一）李季拟翻译资本论，但他因时间与经济关系，此书可望出版费，急待提取版税的译稿两部中方能先提版税。不知你有法子介绍于商务或庚子赔款的翻译机关？我知道李季的英德文和马克思经济学知识以及任事能力，在现时的中国能胜任此工作者，无出其右。二）我在狱中写你的拼音文字草稿，希望商务能早日付印，或即将原稿寄还，且可以给我等对于原稿的一些意见；并不是我想去赚几个钱，而是想实际的钱，而是想一部可纳入廿四史。

你回到野蛮而又不野蛮的祖国，一登陆便遇着我给你这两个难题，使你更加不愉快，实在抱歉得很。

祝你快活！

弟仲甫启

双十

李大钊致胡适信札一通

國立北京大學

適之兄
我對于新青年事總不贊
成分裂商议好了出兩
種亦可同出一種亦可若是
分裂而搶一個名稱若
是與新青年有關的人

字第　號

國立北京大學

字第　號

都爭起來豈不同時出
十幾個新青年豈不是
一場大笑話！
我覺得你和仲甫都不是
一定要擔新青年這個
名稱還是主義及主張

國立北京大學

有點不同的傾向。如果主張相同，在那里辦那一個人辦成不了什麼問題。但是我覺得你們兩人都有點固執。仲甫一定要拿去廣東，你一定

字第　號

國立北京大學

要拿來北京都覺得太
糟了一点。從之我的意見
不拘新青年在那里办
或是停办，總該和和氣
氣商量才是，而且又
和仲甫的朋友交情豈

字第　號

國立北京大學

又因此而大傷新青年的
演起南北對峙的劇來
豈不是要惹起旁人
的笑死　此上所見個想一
想我不是說仲甫在廣談
主張在粵辦係不應該

字第　號

国立北京大学

字第　号

至张在京亦不过仲甫的性情我们都该谅解他的——他的性情很固执——总之我很愿意你等他的回信再决定如何。如果你们还是各立于两极端我和我們只有兩個办法一個办法就是大家出來劝你們二位都犧牲了新青年三個字吧（恐怕劝也無效）停办了吧一個办法就是就你們兩位一商一些分立新

國立北京大學

字第　號

青年，我們都不好加入那
一方。這種結果都是宣
告了新青年破產。我個
人的主張雖與仲甫的主張
相近，但我決不贊成你們
這樣爭新青年，因為

國立北京大學

新青年如果是你的或

是他的我們都可以不發如

果大家都希他有點向你

我們也不應該坐視你們

傷了感情我也先把你

給我的付文倫言同豫

字第　　號

国立北京大学

才起那一函慰慈孟和抚
五诸兄看过看我们还
有调停的方法没有

守常

字第　號

周作人致李大钊信札二通

一九二1年2月25日

守常兄：

来信敬悉。新青年我看只有任其分裂，仲甫移到广东去办，适之另发起一种杂志，此外实在没有法子了。仲甫如仍拟略加改革，加重文艺哲学，我以为无不可，自然仍当寄稿。适之的杂志，我也很是赞成，但可以不必用新青年之名。新青年的分裂虽然已是不可掩的事实，但如发表出去（即正式的分成广东北京两个新青年），未免为旧派所笑。请便中转告适之。

周作人。

新村北京支部

一九二1年2月27日

守常兄：

来信敬悉。关于新青年的事，我赞成所说第三种办法；寄稿一事，自当以力量所及，照这同样的帮忙。我本赞成这之外办一种注重哲学文学的杂志，但名称大可不必用新青年，因为

（1）如说因内容不同，所以分为京粤两个，但著作的人如仍是大多数相同，内容便未必十分不同，别人看了当然觉得这分办没有什么必要。（如仲甫将来专用新青年去做宣传机关，那时我们的文章他也用不着；但他现在仍要北京同人帮他，则其内容仍然并不专限于宣传可知了。）

（2）我因说过，新青年在广既为“伟大人”所不

新村北京支部

一九二 年 月 日

容，在京也未必能免于"华大人"，这实在是不必讳言。我看"华大人"对于新青年的恶感，已经深极了，无论内容如何改变，~~这三个字的名称~~，他未必能辨别，见了这个名称，当然不肯轻易放过。这并不是我神经过敏的话，前年的每周评论便是一个实例。

所以我希望适之能够改变意见，采用第二种办法。但北京同人如多数主张用新青年的名称，我也不反对。以上所说，只是个人的意见，以备采择而已。豫才没有什么别的意见。

作人

梁启超致胡适信札十通

適之我兄：昨譚快慰。

尊體比復何似？郊外攝養能實行否？至深延企。昨託百里帶呈《秋蟪吟館詩鈔》，想達。此公之詩，不能謂為有創造的理想，但總算放膽做去，其最精采者，如卷一之《圍城紀事六詠》，卷二《苜蓿頭》

之原盗痛定篇识图十首奏五
之兰陵女儿行黄婉梨或以日记
体入诗或以演说体入诗或以传
记体入诗皆能自辟蹊径大抵
古体多佳近体则可取者殊少
耳
以试一浏览谓为何如晚读今文

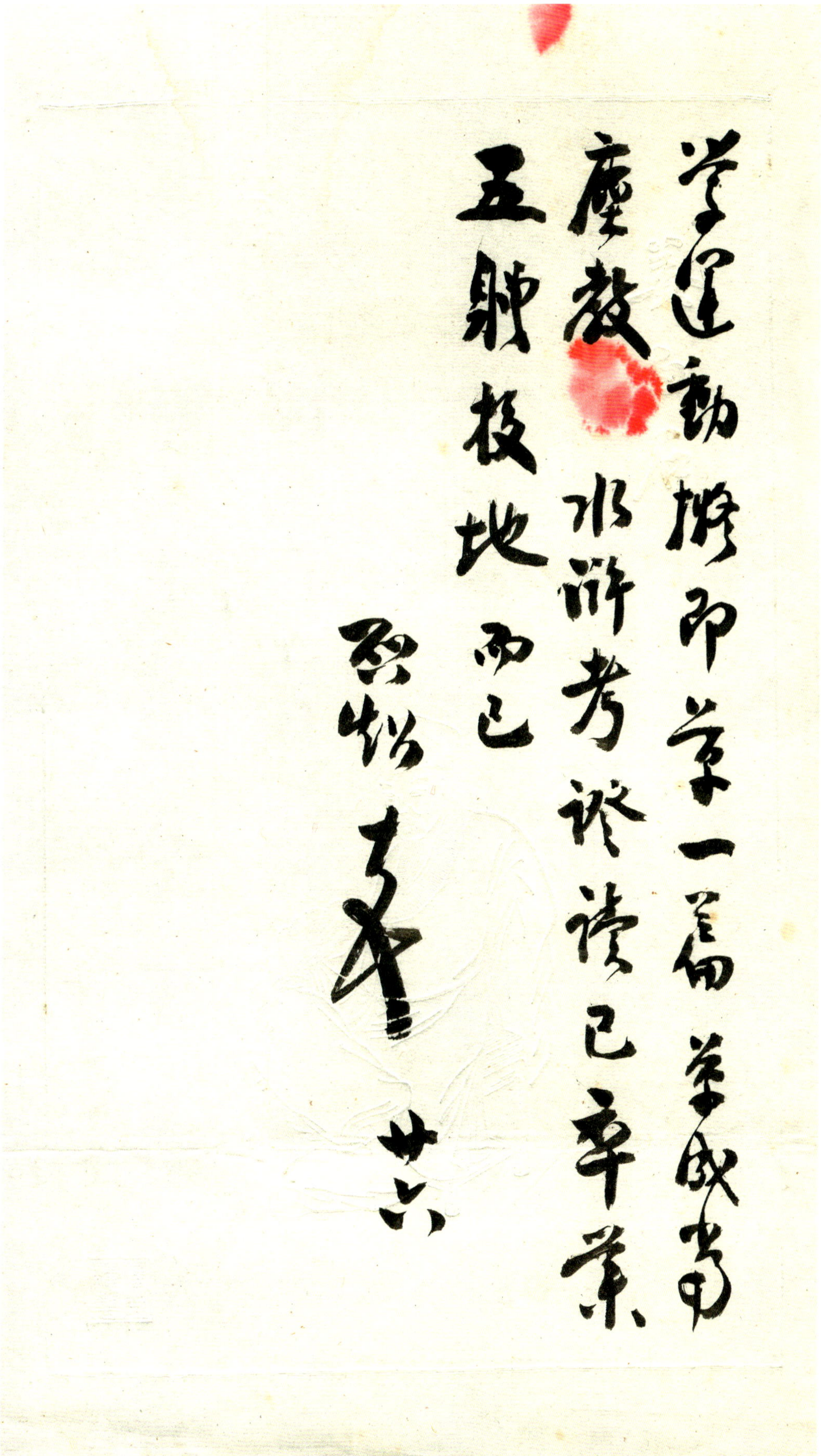
学運動擬印單一篇并成當
麈教水滸考證讀已卒業
五體投地而已
烈松
啟超
廿六

〔一〕梁启超致胡适信封　一九二〇年九月廿六日

〔一〕梁启超致胡适信封　一九二〇年九月廿六日

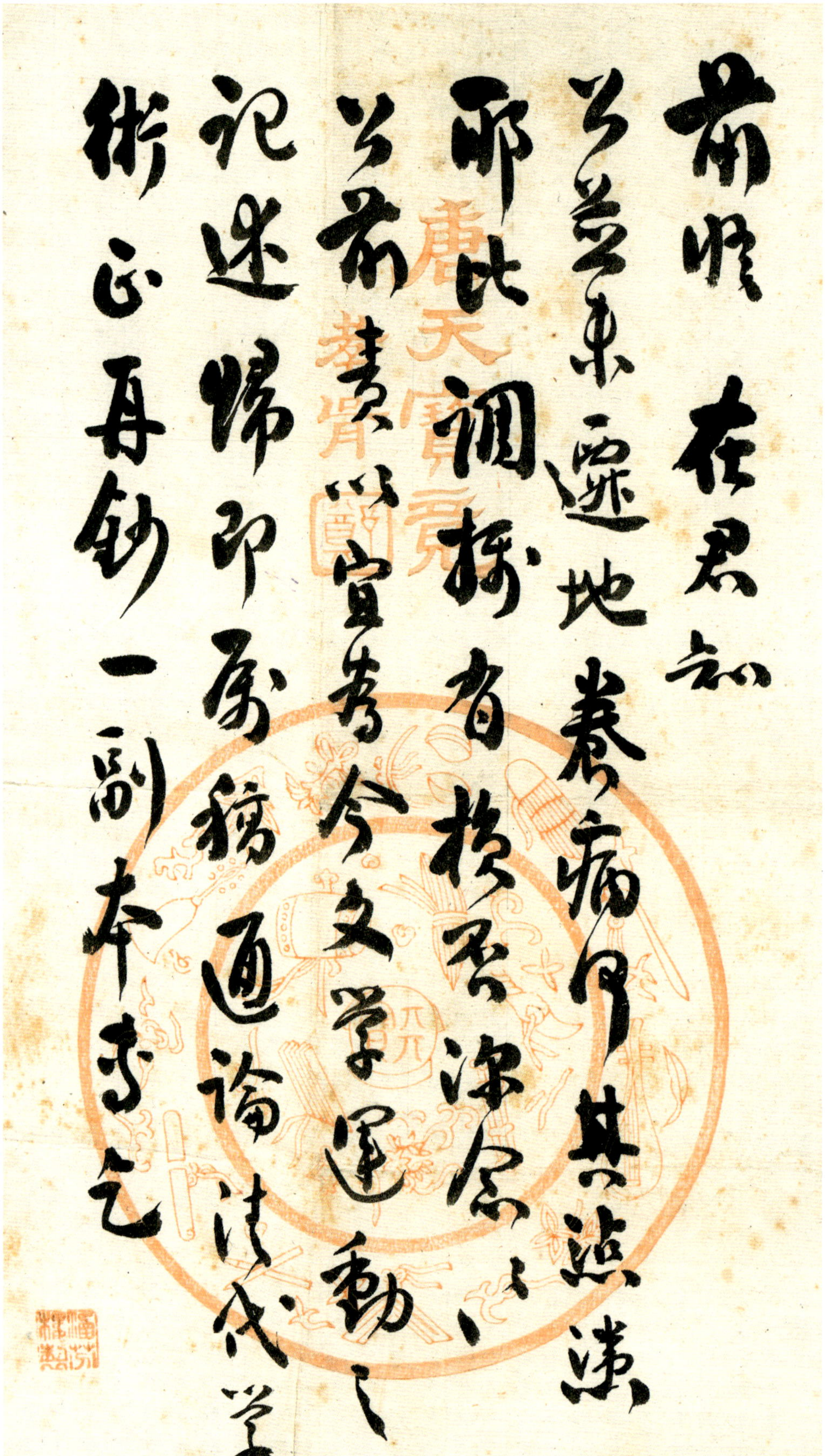

前晤　在君知
公益東還遂地養病即其速速
耶比調攝有效否深念深念
公前屬以宜為今文學運動之
記述歸即屬稿通論清代學
術正再鈔一副本寄乞

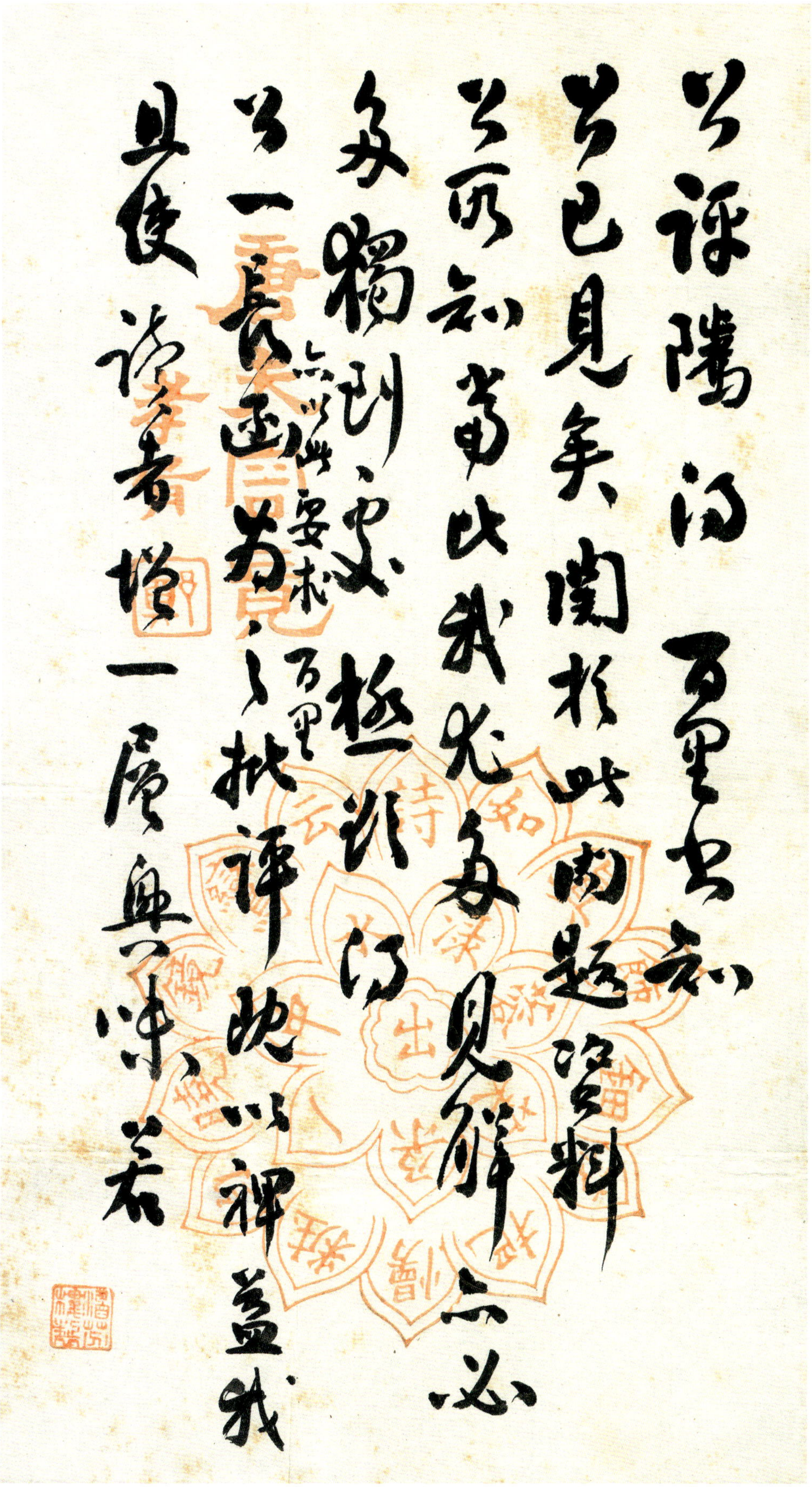

公評陽明詞，[illegible]
學已見矣，關於此問題資料
公所知當比我尤多，見解亦必
多獨到之處（亦以此[illegible]）極欲
公一長函為之批評，以裨益我
且使讀者增一層興味，若

〔二〕梁启超致胡适　一九二〇年十月十八日

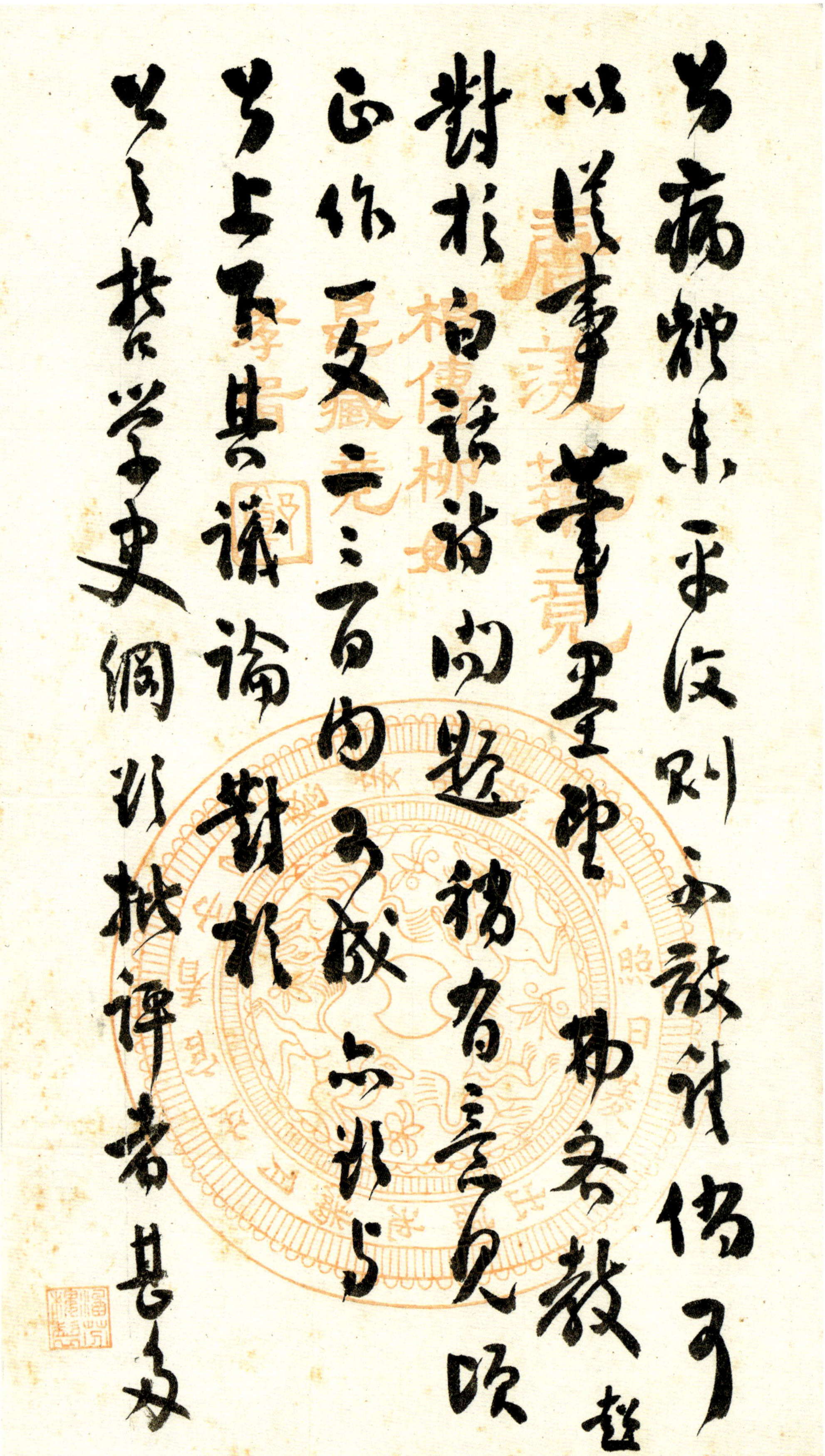
公病想未平復則不敢請偕行
以後事業里邊佛家教[illegible]
對於白話詩問題稍有意見頃
正作一文兩三日內可成亦欲與
公上下其議論對於
公之哲學史綱欲批評者甚多

〔二〕梁启超致胡适　一九二〇年十月十八日

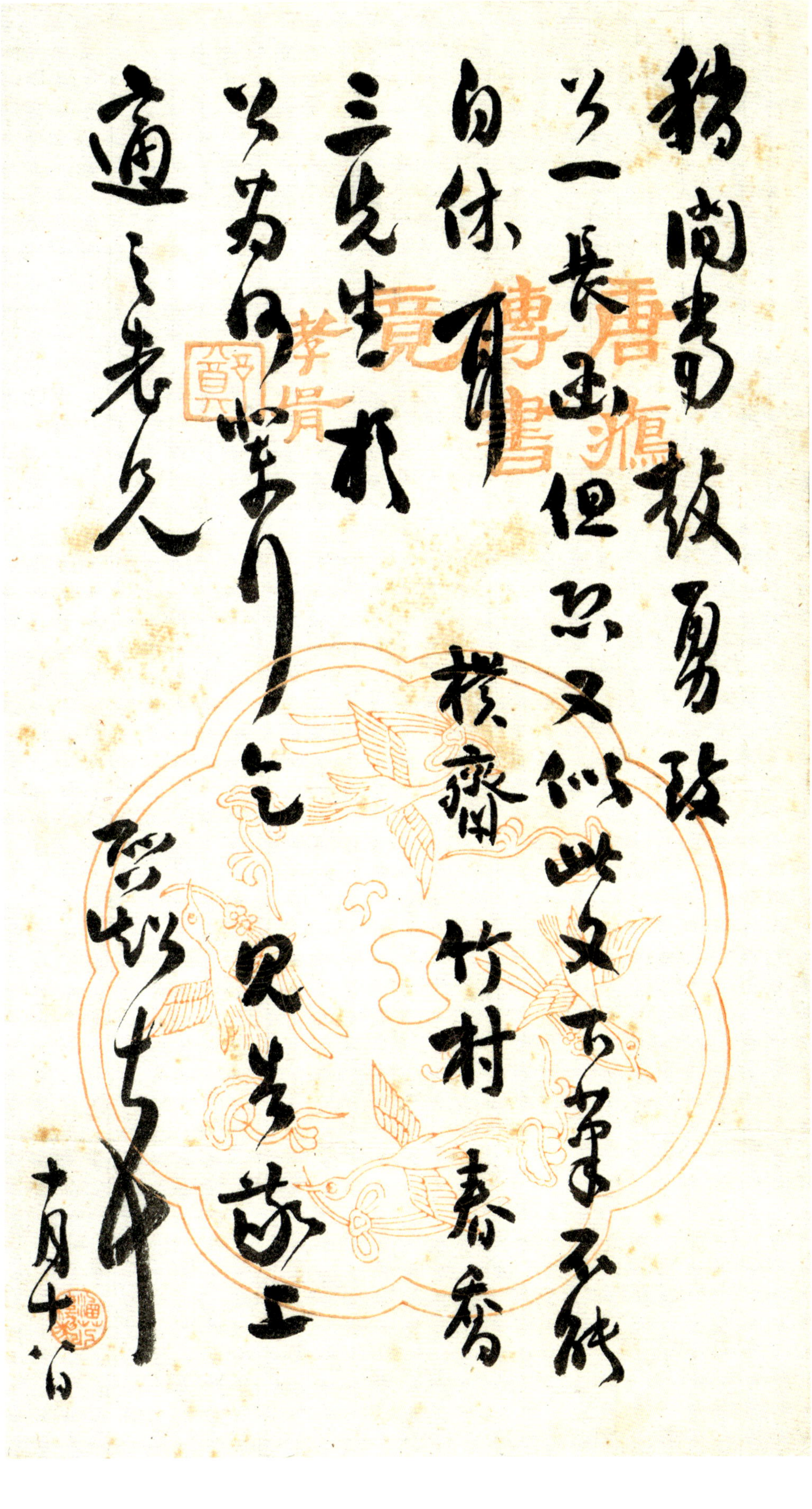
稍閱書故易讀
以一長函但只又似此文下筆不能
自休耳　樸齋　竹村　春香
三先生於
以為何如幸切乞　見告　敬上
適之老兄
啓超　手上
十月十八日

〔二〕梁启超致胡适　一九二〇年十月十八日

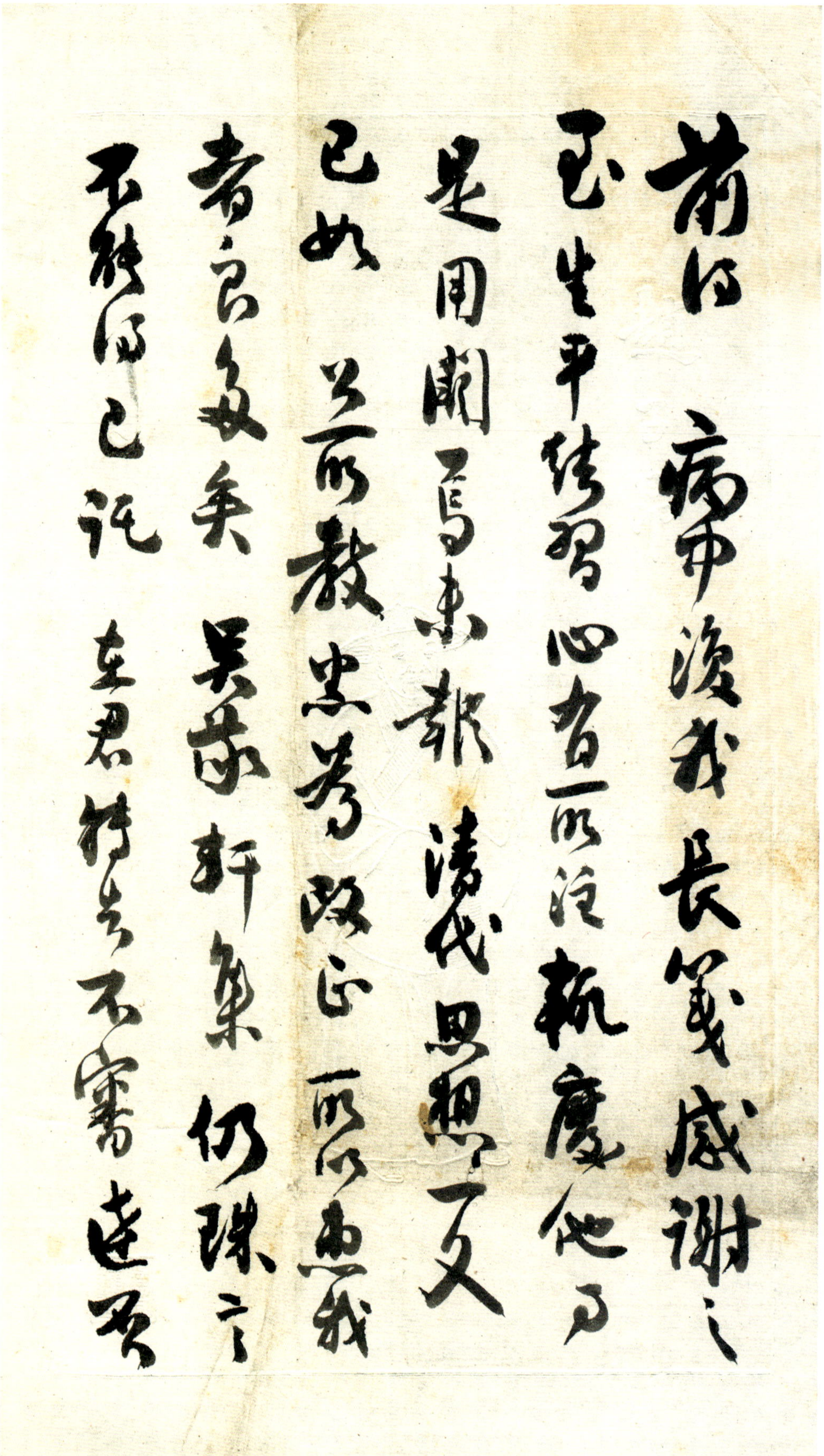
前日 病中獲我 長箋感謝感謝
吾生平結習心有所注輒廢他事
是用闕焉未報清代思想一文
已如 公所教更為改正所以惠我
者良多矣 吳稼軒集仍[illegible]
[illegible]已託 [illegible]君轉去不需速還

頃復奉 書及漢代哲學史甚感前書所示各節恐不能及改正因原書久已付印將成也崔君兩著竟未之知（固陋可愧）其實書平出後借讀（下半只是論兩先生詩對於白話之意見）前論白話詩一篇本已成其半餘（前半已具）半因牽於他業久未續成懶可見

見此文後，斷有異同，勉其修改，故更遲遲未續。今先將原稿奉塵，以公有所教，所最樂也。（若篇中有觸犯於丁丁論，可望不謂然，只須如是。）但只緣病初愈，不宜多勞，或不復亦佳。日內當圖晤談耳。對於大著哲學史之批評，若作出，恐亦甚短

〔三二〕梁启超致胡适 一九二〇年十二月十八日

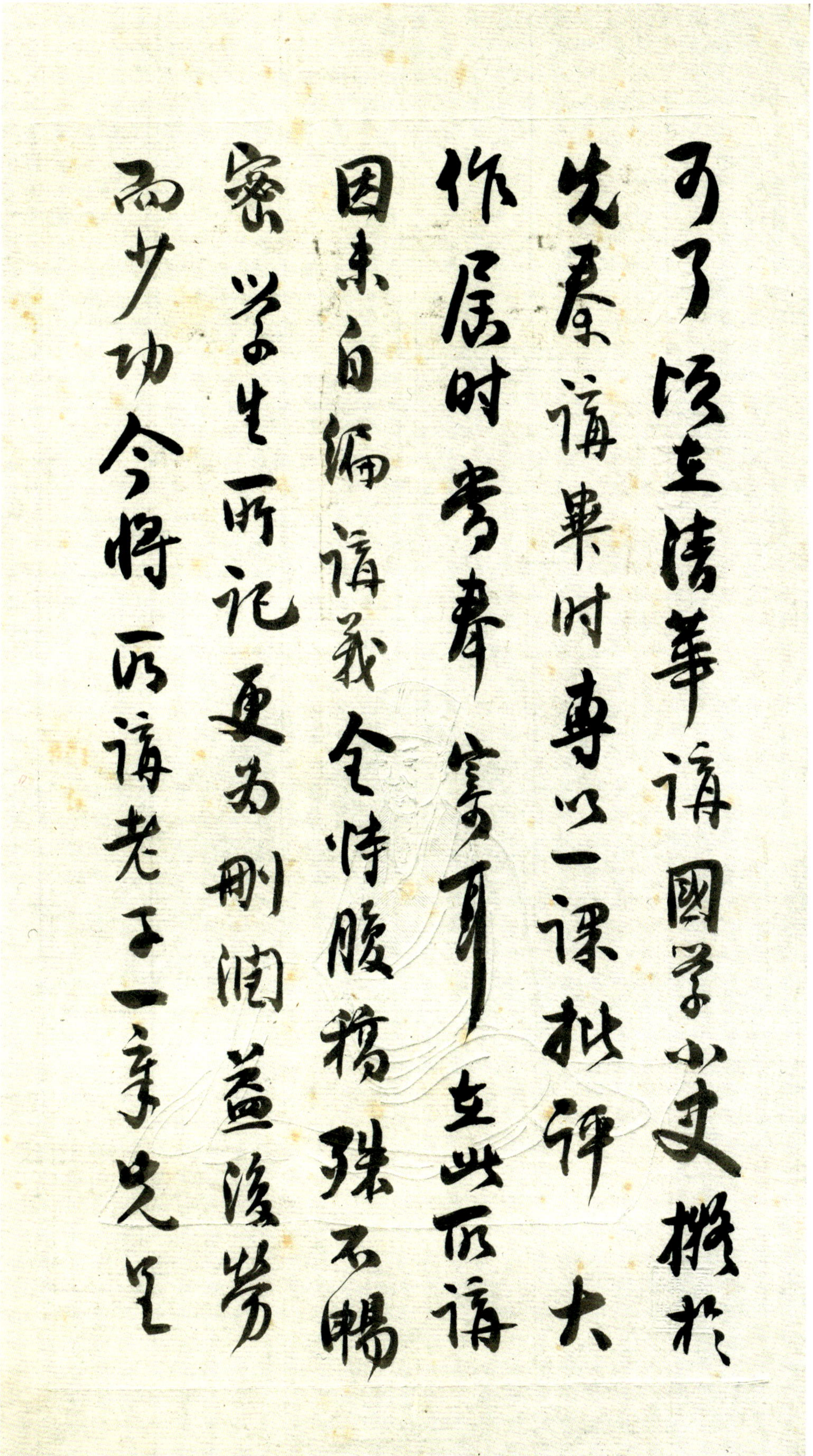

可了。頃在清華講國學小史，擬於先秦講畢時，專以一課批評大作，屆時當奉寄。又在此所講，因未自編講義，全恃腹稿，殊不暢達，學生所記更為刪潤，益滋勞而少功。今將所講老子一章先呈

〔三〕梁启超致胡适 一九二〇年十二月十八日

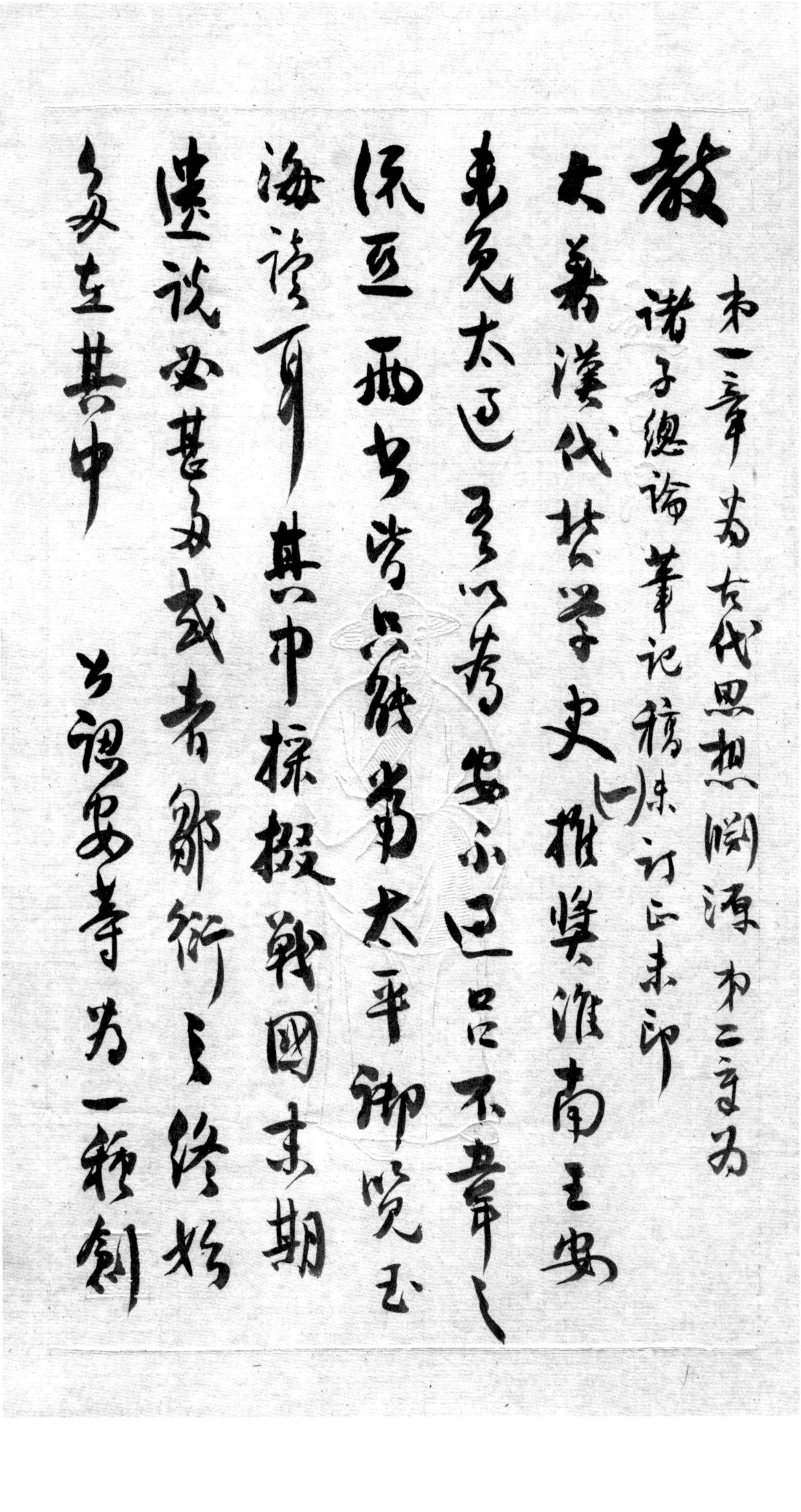
教
第一章为古代思想渊源 第二章为
诸子总论 笔记稿未订正未印
大著汉代哲学史（一）推奖淮南王安
书见太过 吾以为安不过吕不韦之
流亚 两书皆只能当太平御览已
海读耳 其中採掇战国末期
学说必甚多 或者邹衍之终始
多在其中 吾想安等为一种創

〔三〕 梁启超致胡适 一九二〇年十二月十八日

作家聪认真相（二）司马迁似当论
及原书论历医已出哲学范围外
则迁之史当论且迁亦确自有其思
想（三）贾马服郑似不能不论及否
则无以见汉代学术之全鄙见所及
如此容细读再有所贡献独著佛教
史已成者得七八万言今写上本二

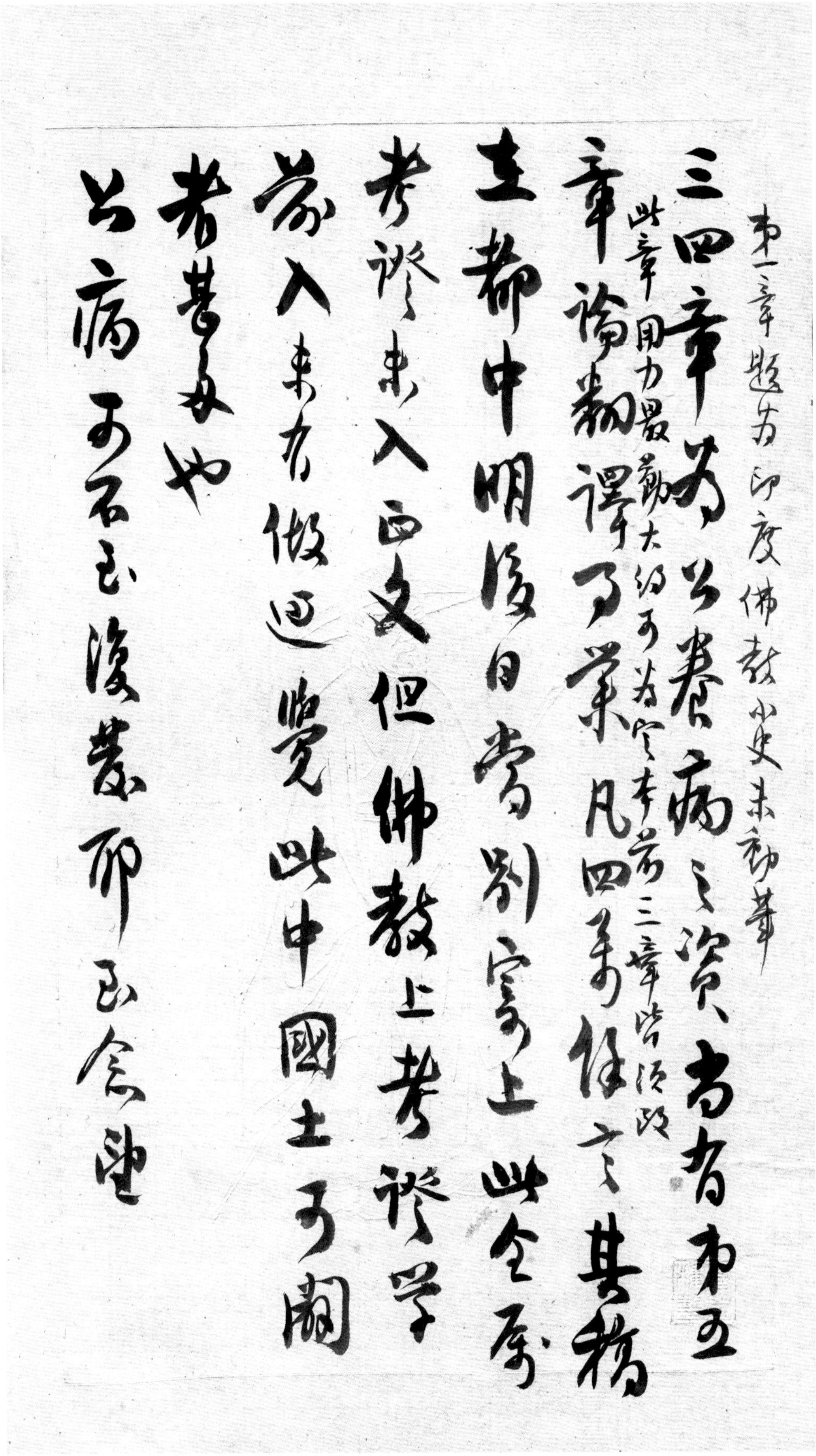

第一章題爲印度佛教小史未動筆
此章用力最勤大約可爲定本前三章皆須改
三四章爲公養病之資者有五
章論勘課了業凡四萬餘言其精
要都中明後日當別寫上此全屬
考證未入西文但佛教上考證學
家未入來尤做過覺此中國土可闢
者甚多也
公病可否從速發印正念啓

〔三〕梁启超致胡适　一九二〇年十二月十八日

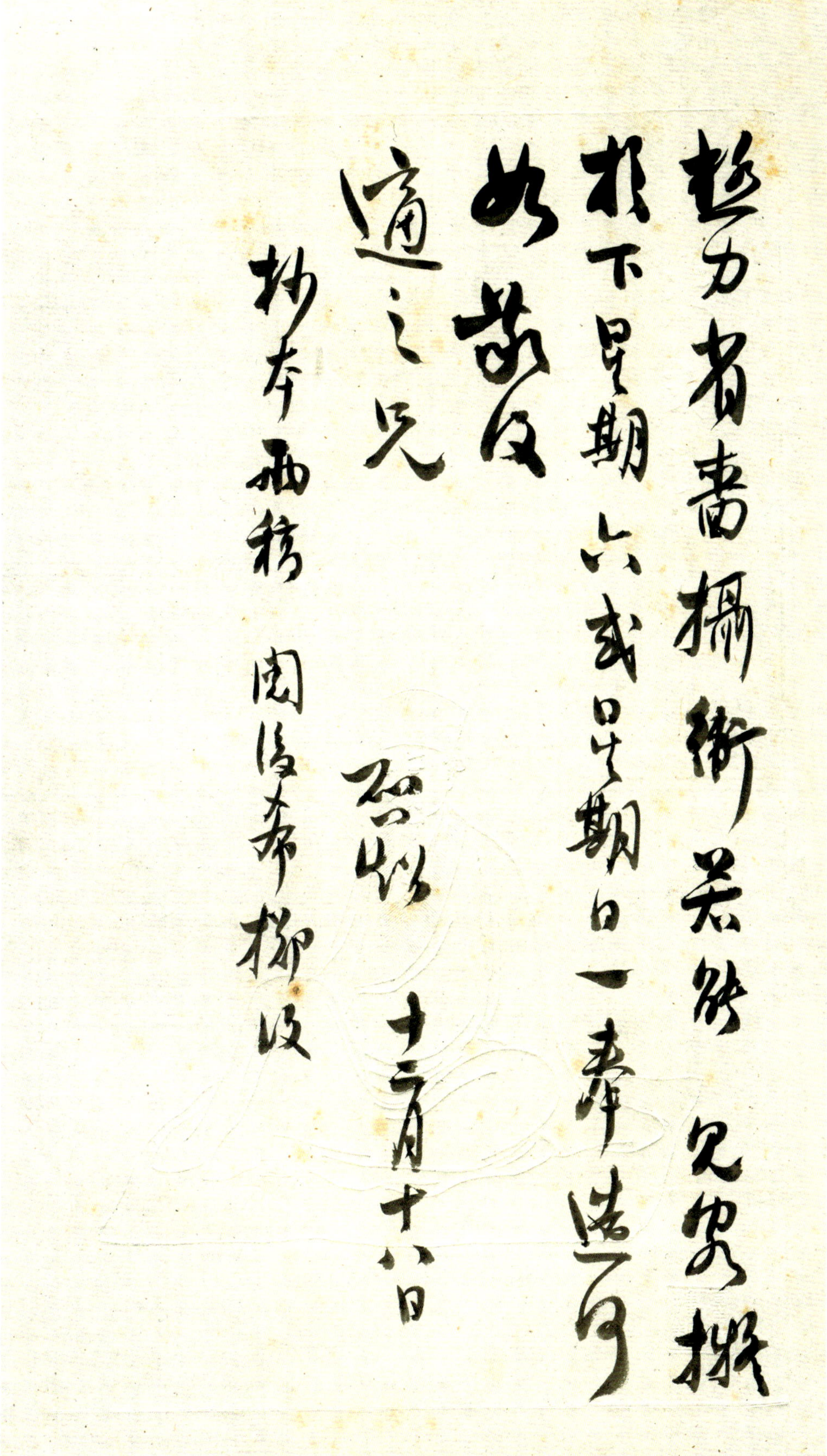

勞力者書攝衡若然　兄要擬於下星期六或星期日一奉訪可如教

適之兄

啓超　十二月十八日

抄本兩種　閱後希擲還

適之我兄：大著墨經新詁讀竟奉還，六紙附簽注奉察採，別有復又一書拙印獨著東，今以餉本奉呈。此已是一月前所作，現在東字有參卷端有數十字，乃大醉後所書，醒後視之不覺噴飯，本宜裁去，計以此博公一噱亦良得，故遂存之。手此敬請著安，示畢。

啟超

生頃有所著？病全愈耶？罷課中偶然得新著上卷，深為幸。僕頃重理佛教史，前稿可留者僅十之一耳。每怪古人誤於著書，若我寧急就者，頃出書方印成即思毀版耳。翹想日益盛悵。

啓超又白

姚山僧舍怪梅詞

杭州鹽官縣開福寺圓蒲閣記

〔五〕梁启超致胡适　十八日

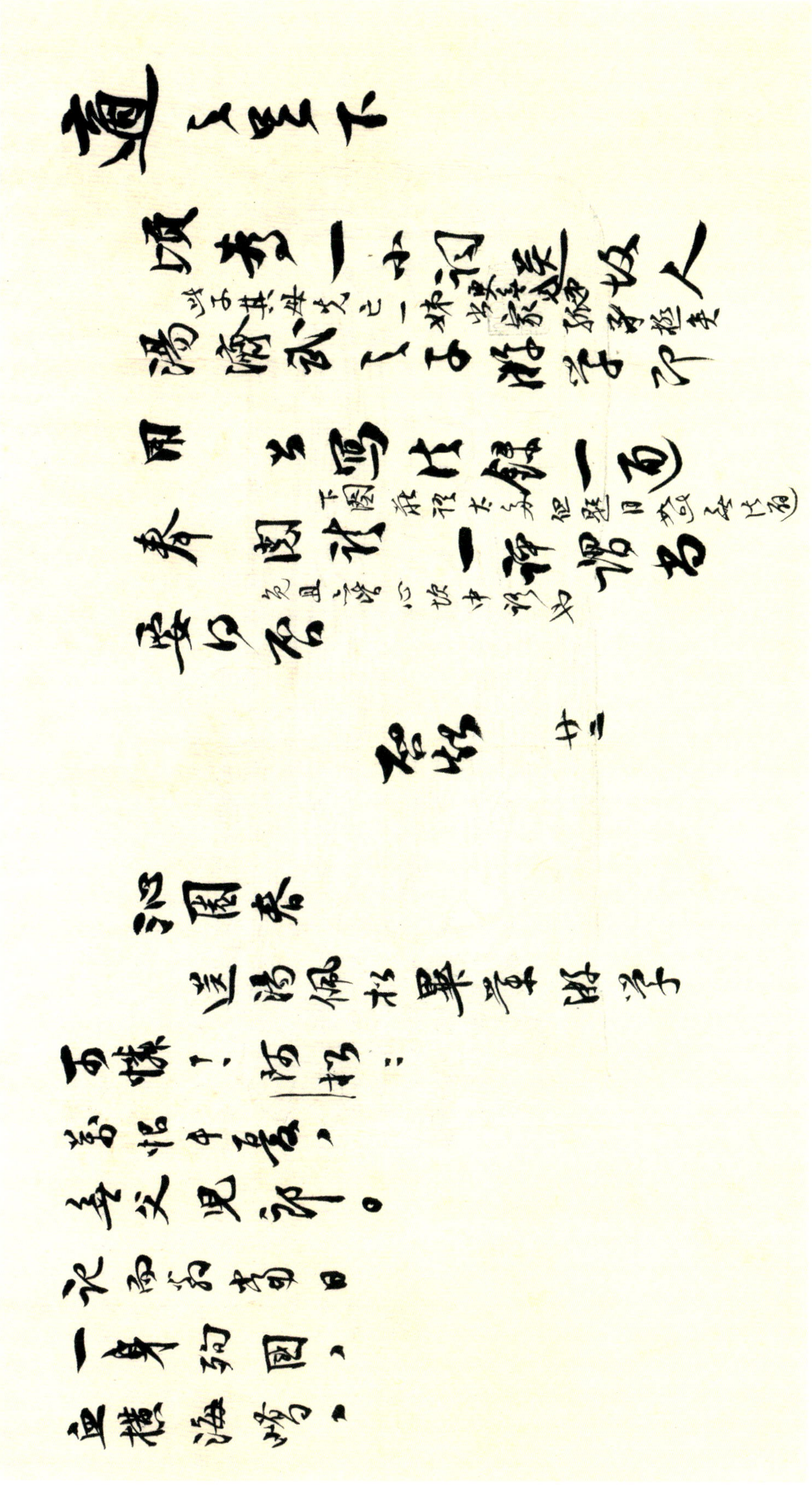

適之足下：

頃為一小詞送故人湯濟武之子游學（此子其母先亡，一姊出家，更無兄弟，孤子極矣），即用其寫片錄一通（下園藏經太多，但題日如此通，無此通），奉閱，請一評，謂當要得否（免且云皆心坎中語也）。

啟超　廿二

沁園春　送湯佩松畢業游學

可憐！！阿松！！
萬怕中喜，
無父兒郎。
記兩翁當日，
一身殉國，
血横海嶠，

說了宋詞。
今天大事，
又月的世界？
懶眠你想見睡鬍！
蹴花荡下，
和詞詞花花，
紅綠繽紛。

快了了！（已被你看見了）
冬日冷中飛過一身雪懷。
看目前花只雜，
何況之信？
如今去了你
甚時再來好？
你去只有說，
那個來年了，
快了！他被他忘了！
他們來了！
我想你比你了，
今朝十分。

适之吾友：
复示敬悉。原词已小
有改削，再写呈。
今又成题画四小令
并写呈，犹可记否？
大作极平实，亦有批
评，已登报，想见政府情
如此，以后无好果也。
昨见宋和文，不知所谓
老先生者谁？竟不料乃
出东三也。一笑。
启超
端午

〔七〕梁启超致胡适 端午

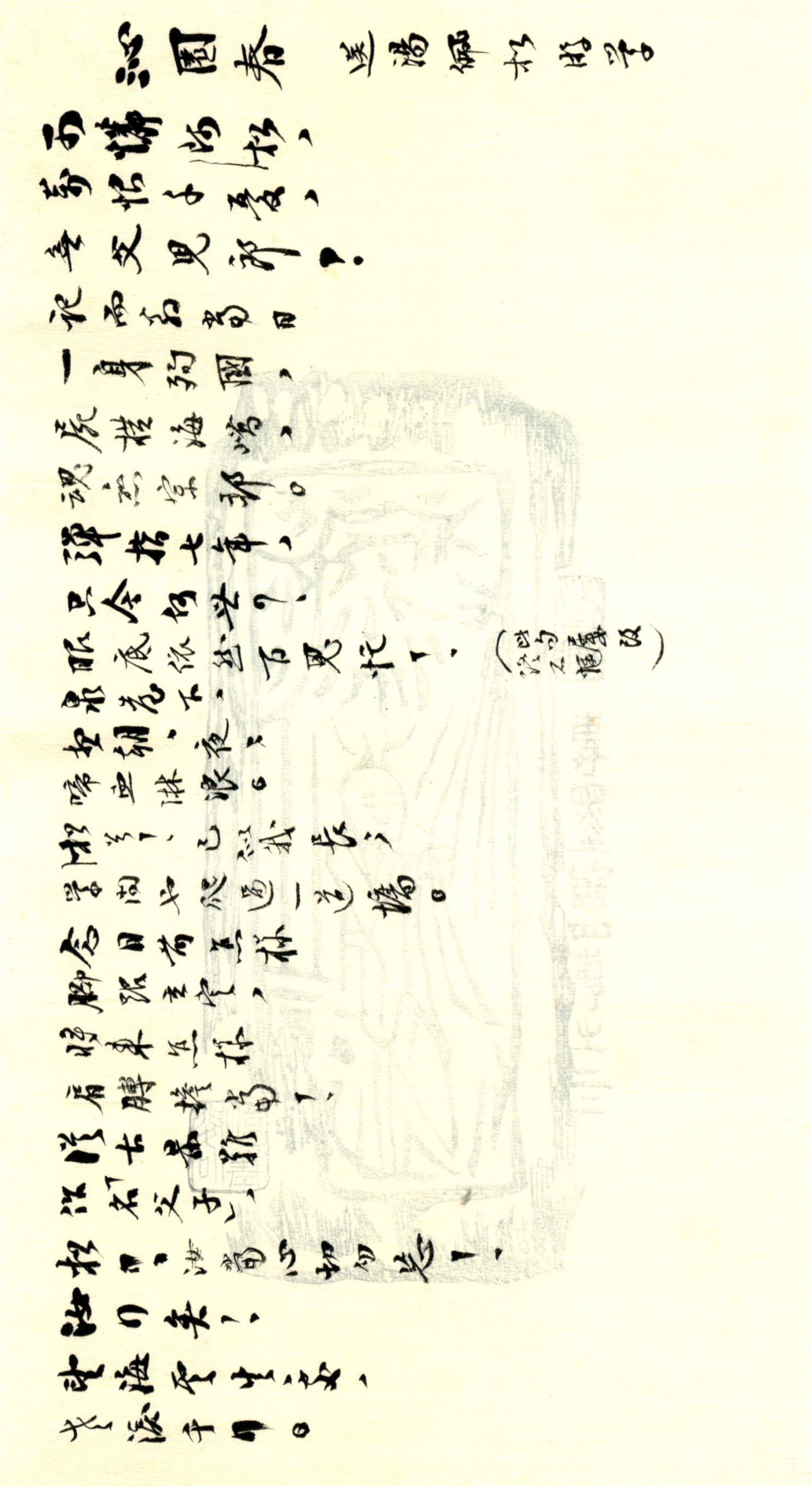

沁園春　送湯佩松留學
可憐佩松，
無父兒郎！
記而翁當日
一身殉國，
屍横海嶠，
魂戀宗邦。
彈指七年，
只今何世？
眼底依然百鬼忙！（此句屢改仍不愜）
朝朝、夜夜，
啼血淋浪。
學問也須通一道牆。
肩膊擔當！
切切勿忘！

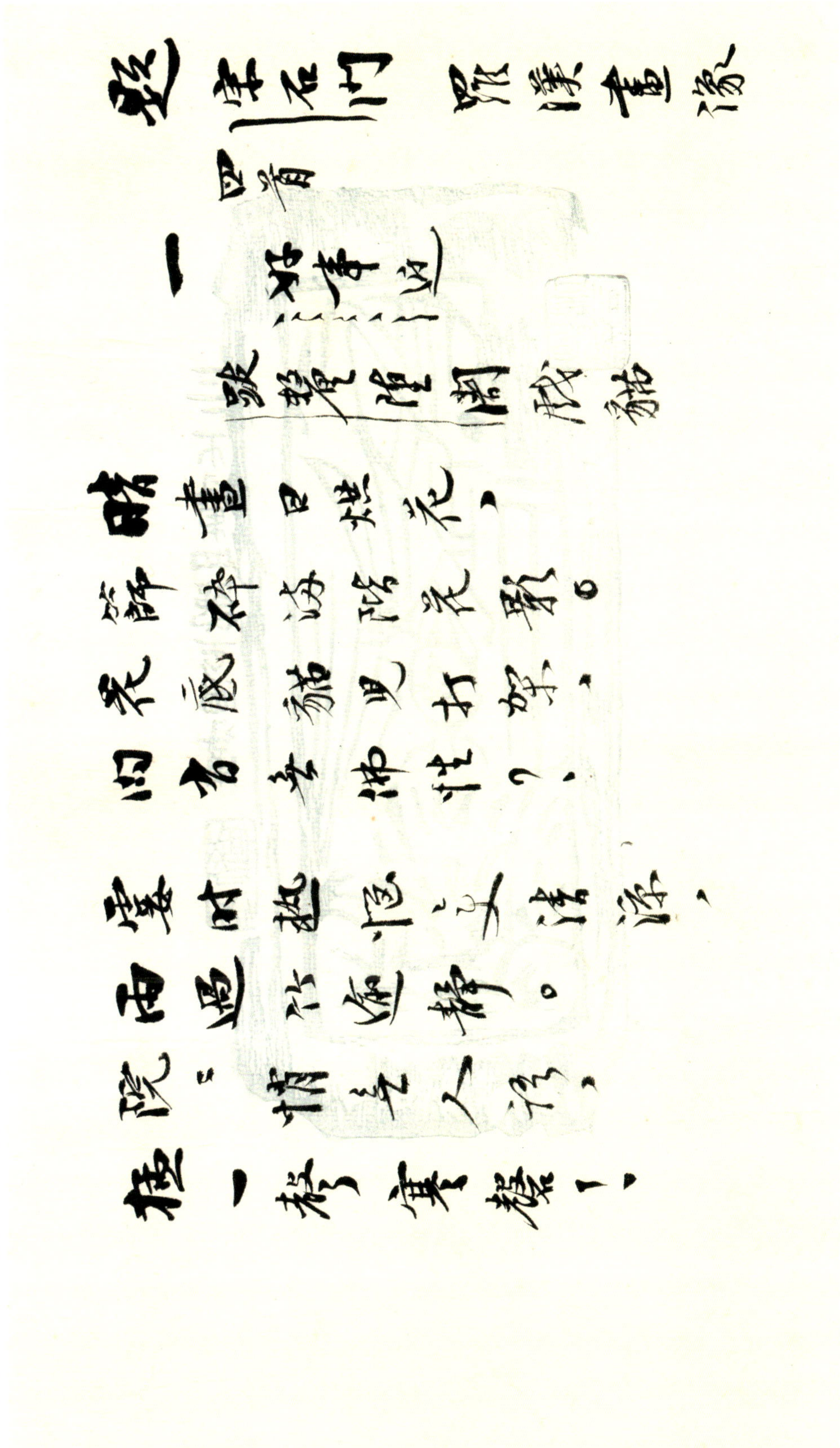
題宋石門羅漢畫像
四首
一　好事近
跋聾陀閣戲貓
晴晝日烘花，篩碎滿階花影。花底貓兒打架，問吾無佛性？
霎時熱惱變清涼，雨過竹逾靜。院院悄無人語，聽一聲寒磬！

二 西江月

跋耶娑斯托钵

手捧炊烟散后，
祇抠斋供完时，
各人受用五些儿，
钵裹醍醐一味。
遮磨十年做甚？
黄梅半夜传谁？
不如捶破这钵皮！
免得慧能揭儿。

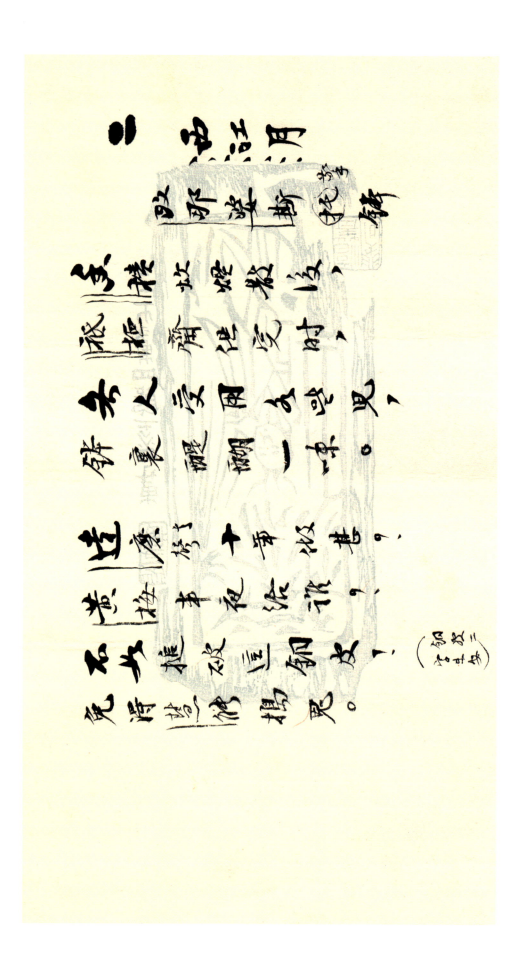

（钵皮二字未安）

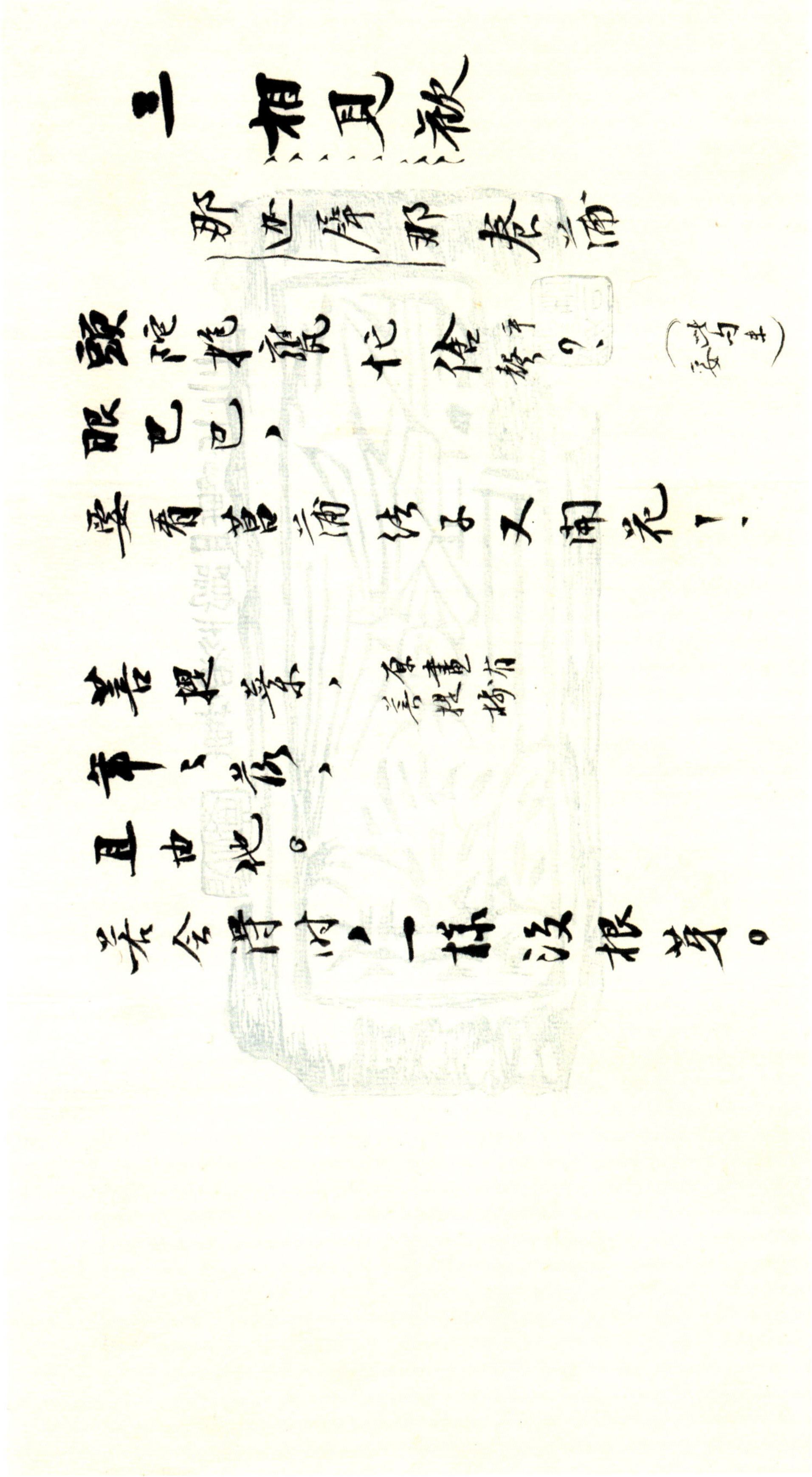
相見歡

四

清平乐　阇喱多伏虎

长眉低瞑，
坐向盘陀冷！
坐下山君呼不应，
跟着阇黎入定。

重重月照空林，
琅琅泉戛鸣琴。
后夜欠伸一吼，
眼前大地平沉！

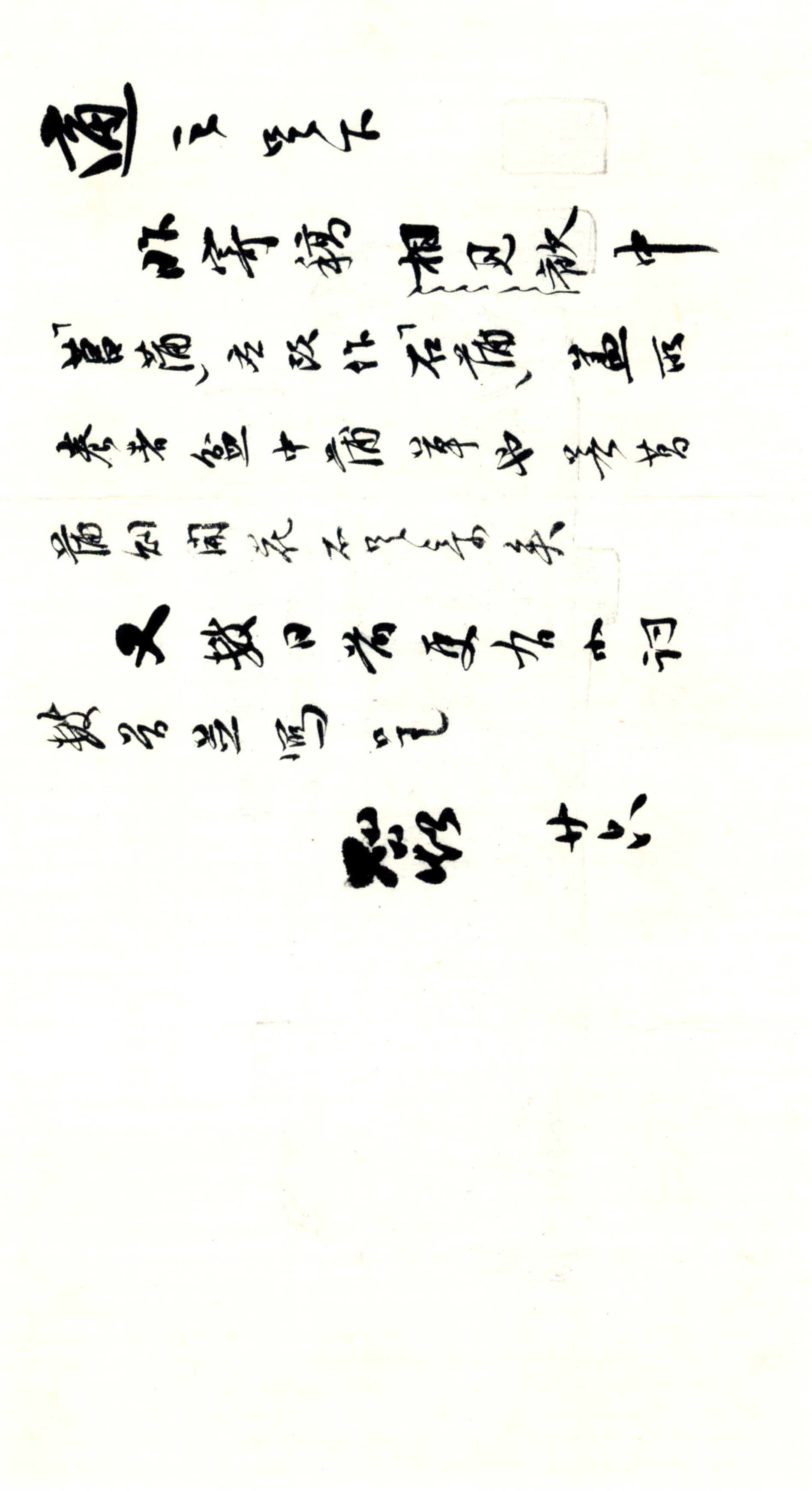

〔八〕梁启超致胡适 廿六日

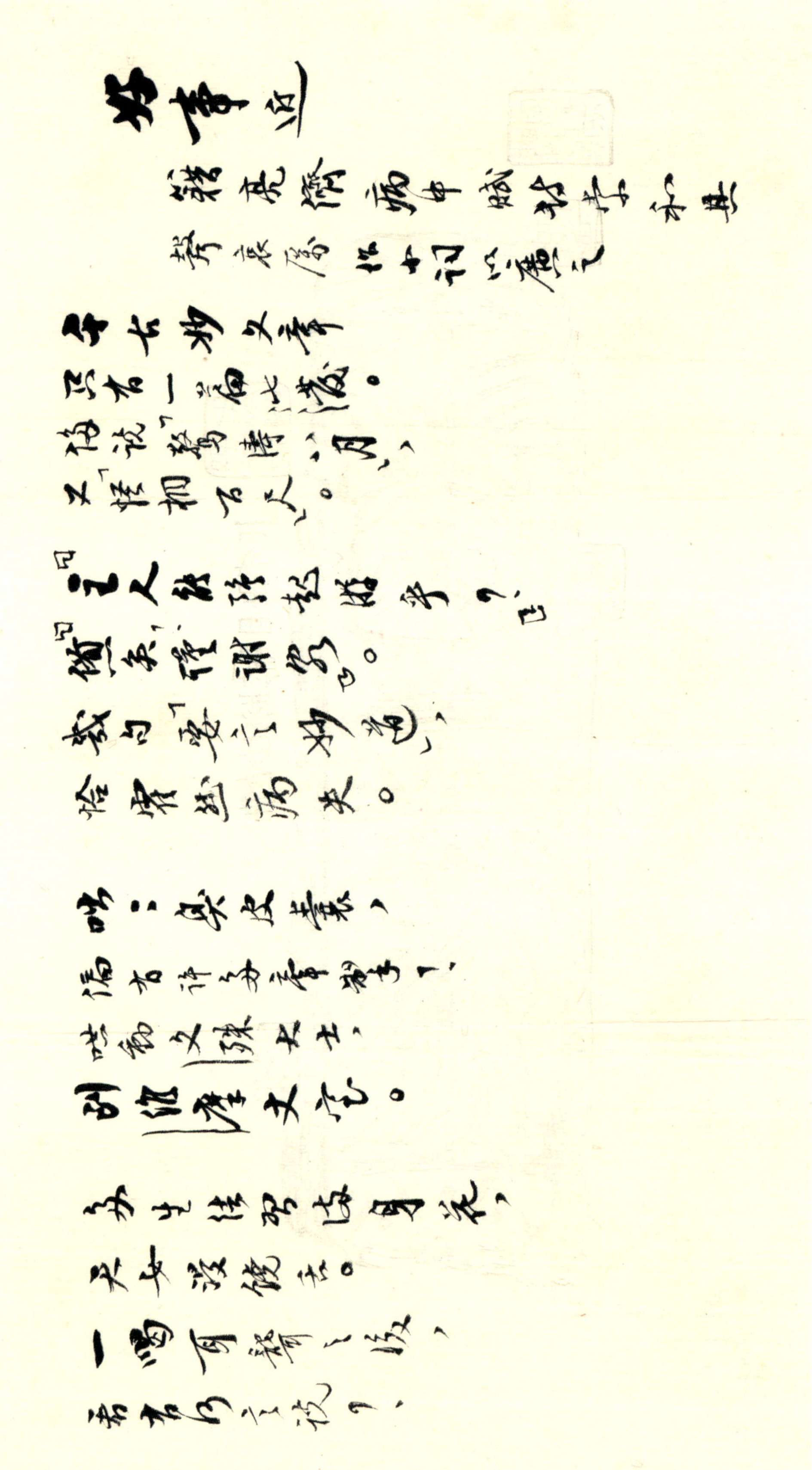

西江月

癸亥端午前三日师曾以画扇见诒，画一宜兴茶壶，腰以小羽盖，绝笔矣。抚视摩挲，追和此解，泫然涕

忆得前年此日
陈郎为画刚成。
忽然挥笔去骑鲸，
撇下一壶茶冷！

摘叶了无叶相，
团泥那是泥形？（注一）
「当空元自没廓尘」。（注二）
此意而今能领。

（注一）原词云云：摘叶何须龙井，团泥不必宜兴。

（注二）敬原先生原句

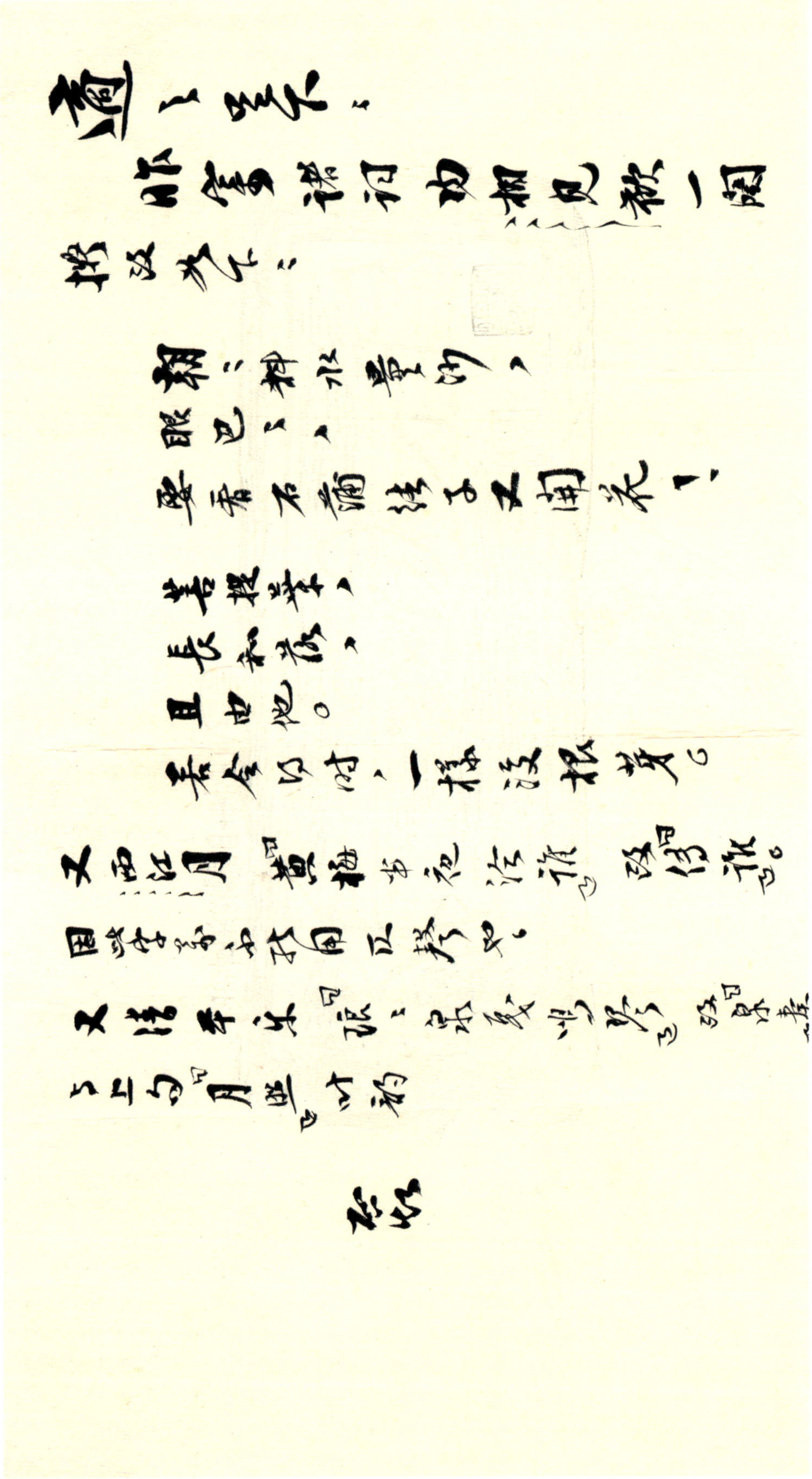
適之吾兄：
昨寄諸詞內有見歟一闋
換改如下：
朝朝抻水量沙，
眼巴巴，
要看石蒲結子又開花！
菩提葉，
長和蔭，
且由他。
吾今日時，一樣沒根芽。
又西江月「黃梅半夜詒詐」改「傳訛」。
因此字系和韻用仄聲也。
又清平樂「琅琅泉聲鳴咽」改「泉聲淒……
與上句「月照」叶韻
啟超

適之足下：自歐遊歸後，道路間隔，近來得一佳耗，擬與商量舊學，相思與日俱積，想洵同之耳。僕自去秋受北京圖書館之屬託，編纂中國圖書大辭典，一年以來，督率門人，如案所多，從了能寫定之稿，未及什之一，然感斯業之可以益興味，引而彌長，竊不自揆，意欲使此書成後，凡參學之士，能研治某科之學一卷，即能知其所向，脈以資料之所在，及其資料之種類之良窳，即一般涉覽者，亦讀一部有新系統的四庫

提要諸學之門徑可得闡也此種研究之成績殊未
發明總對的海意述選勉赴之最少亦足樹立規模以供
來者之補正於斯已足矣今將稿本（頃寄上）可繕寫者提出
若干種於圖書館以請達者會晤哉
若在今年審查時費一二日之力細看研究而予以是
正之其中簿錄之部官錄及史志一冊史部譜傳類年
譜之屬一冊金石書畫部叢帖之屬一冊史部雜史類晚
明之屬一冊此類的可算已成之稿（雖應增改者仍甚多）自謂其組織記述（圈別）批評
皆能具別裁與章實齋所謂橫通者迥別將來全書印

既有此例，尤疑似此作法能達前所期之目的否耶？此等工具之書須纂修極繁雜，紀勇之人總攬全部組織，不可御，總非一人之精力所能獨任。現在同學數輩分功合作，寫卡片四萬餘張，叢稿狼藉盈數篋，未得董事會之助，使諸人屬得專心之後專於工讀。現在第一期工作已過（以經驗之結果知初期在整之工作極多），下半年當從事於整理寫定。原定兩年成書之計畫，未必能完全實現，要可得什之七八耳。董事會所賜補助，原定兩年，今只得半，如董事諸公能提倡於始，則賡續更不成問題。

仍盼我
公精注意審查成績，估其價值，在會中力爭主持，俾不致廢於半塗，幸甚幸甚。溽暑諸惟珍衛，不一一。

十六年六月十八日　啟超

天津意界瑪爾谷路廿五號

〔十〕梁启超致胡适　一九二七年六月十八日

贰

手迹释文

陈独秀、钱玄同致胡适等信札（十三通）

〔一〕

适之、守常二兄：

日前因《新青年》事有一公信寄京，现在还没有接到回信，不知大家意见如何？

现在因为《新青年》六号定价及登告白的事，一日之间我和群益两次冲突。这种商人既想发横财又怕风波，实在难与共事，《新青年》或停刊，或独立改归京办，或在沪由我设法接办（我打算招股自办一书局），兄等意见如何，请速速赐知。

罗素全集事，望告申甫、志希二兄仍接续进行，西南大学编译处印不成，我也必须设法自行出版。

守常兄前和陈博生君所拟的社会问题丛书，不知道曾在进行中否？

我因为以上种种原因，非自己发起一个书局不可，章程我已拟好付印，印好即寄上，请兄等协力助其成，免得我们读书人日后受资本家的压制。此书局成立时，拟请洛声兄南来任发行部经理，不知他的意见如何，请适之兄问他一声。

弟 仲 白

五月七日

回信望直寄弟寓，不可再由群益或亚东转交。又白。

〔二〕

适之兄：

群益对于《新青年》的态度，我们自己不能办，他便冷淡倨傲令人难堪；我们认真自己要办，他又不肯放手，究竟应如何处置，请速速告我以方针。

附上《正报》骂你的文章，看了只有发笑；上海学生会受这种人的唆使，干毫无意识的事，牺牲了数百万学生宝贵时间，实在可惜之至。倘数处教会学校果然因此停办，那更是可惜了。你可邀同教职员请蔡先生主持北大单独开课，不上课的学生大可请他走路，因为这种无意识的学生，留校也没有好结果。政府的强权我们固然应当反抗，社会群众的无意识举动，我们也应当反抗。

弟仲 白

五月十一日

〔三〕

适之兄：

快信收到已复。十四日的信也收到了。条复如左：

(1)『新青年社』简直是一个报社的名字，不便招股。

(2)《新青年》越短期，越没有办法。单是八卷一号也非有发行所不可，垫付印刷纸张费，也非有八百元不可，试问此款从那（哪）里来？

（3）著作者只能出稿子，不招股集资本，印刷费从何处来？著作者协济办法，只好将稿费算入股本；此事我誓必一意孤行，成败听之。

（4）若招不着股本，最大的失败，不过我花费了印章程的九角小洋。其初若不招点股本开创起来，全靠我们穷书生协力，恐怕是望梅止渴。

我对于群益不满意不是一天了。最近是因为六号报定价，他主张至少非六角不可，经我争持，才定了五角；同时因为怕风潮又要撤销广告，我自然大发穷气。冲突后他便表示不能接办的态度，我如何能去将就他，那是万万做不到的。群益欺负我们的事，十张纸也写不尽。

弟仲白

五月十九日

〔四〕

适之兄：

群益不许我们将《新青年》给别人出版，势非独立不可。我打算兴文社即成立，也和《新青年》社分立；惟发行所合租一处，（初一二号只好不租发行所，就在弟寓发行。）较为节省。如此八卷一号的稿子，请吾兄通知同人从速寄下，以便付印。此时打算少印一点（若印五千，只需四百余元，不知北京方面能筹得否；倘不足此数，能有一半，我在此再设法。），好在有纸版随时可以重印。吾兄及孟和兄虽都有一篇文章在此，但都是演说稿，能再专做一篇否？因为初独立自办，材料只当加好万不可减坏。

（1）孟和兄的夫人续译的《新闻记者》

（2）守常兄做的李卜克奈西特与『五一』节

（3）申甫兄译的罗素《心理学》

（4）启明兄弟的小说

以上四种，请你分别催来。

弟 独秀 白

五月廿五日

〔五〕

一涵兄：

你回国时及北京来信都收到了。

《互助论》听说李石曾先生已译成就快出版，如此便不必重复译了，你可以就近托人问他一声。

西南大学早已宣告死刑了。

你想做的『社会主义史』很好，我以为名称可用『社会主义学说史』，似乎才可以和『社会主义运动史』分别开来。听说李季君译了一本Kirkup[注]的『社会主义史』，似乎和你想做的有点重复。

《新青年》八卷一号，到下月一号非出版不可，请告适之、洛声二兄，速将存款及文稿寄来。

兴文社已收到的股款只有一千元，招股的事，请你特别出点力才好。适之兄曾极力反对招外股，至今《新青年》编辑同人无一文寄来，可见我招股的办法，未曾想错。文稿除孟和夫人一篇外，都不曾寄来，长久如此，《新青年》便要无形取消了，奈何！

弟 独秀 白

七月二日

注 Kirkup 即托马斯·柯卡普

〔六〕

适之兄：

《新青年》已寄编辑诸君百本到守常兄处转交（他那里使用人多些，便于分送。），除我开单赠送的七十本外，尚余卅本，兄可与守常兄商量处置。

皖教厅事，非你和叔永不会得全体赞成，即陶知行也有许多人反对，何况王伯秋！

弟 独秀

九月五日

〔七〕

一涵、适之兄：

十七日由上海动身，昨日到广州，今天休息一天，一切朋友都尚未见面。

此间倘能办事，需人才极多，请二兄早为留意，一涵兄能南来否？弟颇希望孟和兄能来此办师范，孟余兄能来此办工科大学，请适之兄向顾、陶二君一商。师范必附属小学及幼稚园，我十分盼望杜威先生能派一人来实验他的新教育法，此事也请适之兄商之杜威先生。

弟 独秀

十二月廿一日

住处尚未定，来信可由水母湾二七号群报社陈公博君转交。

〔八〕

适之：

示悉。

那第三个办法，照你所说的做去，我也很赞成。

《诗经》底《双声叠均谱》，邓廷桢曾经做过一部。好像王筠也做过，我记不真切了。你何妨问问颉刚？

仲甫本是一个卤莽的人，他所说那什么研究系底话，我以为可以不必介意。我很希望你们两人别为了这误会而伤了几年来朋友底感情。你以为然否？

ㄒㄩㄢㄊㄨㄥ[注]

再：广东、上海，本来是一班浮浪浅薄的滑头底世界。国民党和研究系，都是『一丘之貉』。我想，仲父本是老同盟会出身，自然容易和国民党人接近，一和他们接近，则冤枉别人为研究系的论调，就不知不觉地出口了。

[注] ㄒㄩㄢㄊㄨㄥ即钱玄同

〔九〕

适之、一涵、慰慈
守常、孟和、豫才　诸君：
启明、抚五、玄同

适之先生来信所说关于《新青年》办法，兹答复如左：

第三条办法孟和先生言之甚易，此次《新青年》续出弟为之甚难；且官厅禁寄，吾辈仍有他法（销数并不减少）寄出与之奋斗，自己停刊，不知孟和先生主张如此办法的理由何在？阅适之先生的信，北京同人主张停刊的并没有多少人，此层可不成问题。

第二条办法，弟虽离沪，却不是死了，弟在世一日，绝对不赞成第二条办法，因为我们不是无政府党人，便没有理由可以宣言不谈政治。

第一条办法，诸君尽可为之，此事于《新青年》无关，更不必商之于弟。若以为别办一杂志便无力再为《新青年》做文章，此层亦请诸君自决。弟甚希望诸君中仍有几位能继续为《新青年》做点文章，因为反对弟个人，便牵连到《新青年》杂志，似乎不大好。

弟 独秀 白

一月九日

再启者，前拟用同人名义发起新青年社，此时官厅对新青年社颇忌恶，诸君都在北京，似不便出名，此层如何办法，乞示知。

又白。

〔十〕

适之兄：

昨晚我接到你请人吃茶的帖子，我今天因为儿子患白喉未愈，亟须延医买药，下午四时恐不能来。《新青年》事，我的意见，已详签注来函之末尾，又前星期六别有一信致足下。即使下午能来，意见亦是如此。至于决议之结果，我自然服从多数。（若『移京』和『别组』两说各占半数之时，则我仍站在『别组』一方面。）

还有要声明者：我对于《新青年》，两年以来，未撰一文。我去年对罗志希说，『假如我这个人还有一线之希望，亦非在五年之后不发言。』这就是我对于《新青年》不做文章的意见。所以此次之事，无论别组或移京，总而言之，我总不做文章的。（无论陈独秀、陈望道、胡适之……办，我是一概不做文章的。绝非反对谁某，实在是自己觉得浅陋。）

玄同

二月一日

〔十一〕

适之兄：

久不通信了。听孟翁说你问我果已北上否？我现在回答你，我如果到京，无论怎样秘密，焉有不去看适之的道理。我近来本想以内乱犯的资格到北京去见章总长，但因琐事羁身，不能作此游戏。

现在有出席善后会议资格的人，消极鸣高，自然比同流合污者稍胜，然终以加入奋斗为上乘（弟曾反孑民先生不合作主义以此。）。因此，兄毅然出席善后会议去尝试一下，社会上颇有人反对，弟却以兄出席为然。但这里有一个重要问题，就是兄在此会议席上，必须卓然自立，不至失去中国近代大著作家胡适的身分才好。近闻你和政府党合办一日报，如果是事实，却不大妥。在理论上现政府和国家人民的利益如何，在事实上现政府将来的运命如何，吾兄都应该细心考虑一下，慎勿为一二急于攫取眼前的权与利者所鼓惑所利用；在彼辈之所为尚可攫得眼前的权与利，兄将何所得？彼辈固安心为杨度、孙毓筠，兄不必为刘申叔！弟明知吾兄未必肯纳此逆耳之言，然以朋友之谊应该说出才安心。行严为生计所迫，不得不跳入火坑，吾兄大不必如此。弟前以

逆耳之言触孙毓筠之怒，此时或又要触兄之怒，然弟不愿计及此也。此祝

著安。

弟 仲孚 白

二月五日

〔十二〕

适之兄：

顷读你十日夜回信，十分喜慰。前函措词冒昧，特此谢罪。惟此次来函说『一时的不愉快』，此语虽然不能完全做逆耳解，或不免有点逆耳的嫌疑罢，一笑。我并不反对你参加善后会议，也不疑心你有什么私利私图，所以这些话都不必说及，惟有两层意思还要向你再说一下。（一）你在会议中总要有几次为国家为人民说话，无论可行与否，终要尝试一下，才能够表示你参加会议的确和别人不同，只准备『看出会议式的解决何以失败的内幕来』，还太不够。（二）接近政府党一层，我们并不是说你有『知而为之』的危险，是恐怕你有『为而不知』的危险，林、汤及行严都是了不得的人物，我辈书生，那（哪）是他们的对手！你和他们三位先生合办一日报之说，是孟邹兄看了《申报》通信告诉我的，既无此事，我们真喜不可言。又《申报》《新闻报》北京通信都说你和汤、林为段做留声机器，分析善后会议派别中，且把你列在准安福系，我们固然不能相信这是事实，然而适之兄！你的老朋友见了此等新闻，怎不难受！

我说了这一大篇，然而有何办法解决这问题呢？我以为只有继续办《努力》周报，以公布你的政治态度，

以解释外面的怀疑。

《努力》续出，当然也不能尽情发挥，但在可能的范围内说几句必需要说的话，现在在你的环境还可以做得到，似不可放过此机会，因为此机会势不能长久存在也。匆匆不尽所欲言。

弟 仲甫上

二月廿三日

〔十三〕

适之先生：

你回国，我不能去迎接你，只好以此函为代表。我现在要求你两件事：一）李季拟翻译《资本论》，但所用时间必须很长，非有可靠生活费，无法摆脱别的译稿而集中力量于此巨著。兄能否为此事谋之商务或庚子赔款的翻译机关？我知道李季的英德文和马氏经济学知识以及任事顶真，在现时的中国，能胜任此工作者，无出其右。二）我前后给你的拼音文字草稿，希望商务能早日付印，免得将原稿失去，且可了结兄等对商务的一种悬案；并且我还痴想在这桩事上弄几文钱，可不必是实际的钱，而是想一部百衲本廿四史。

兄回到野蛮而又不野蛮的祖国，一登陆便遇着我给你这两个难题，使你更加不愉快，实在抱歉得很。

祝你快活！

弟 仲 手启

双十

李大钊致胡适信札（一通）

适之兄：

我对于《新青年》事，总不赞成分裂，商议好了，出两种亦可，同出一种亦可。若是分裂而抢一个名称，若是与《新青年》有关的人都争起来，岂不同时出十几个《新青年》，岂不是一场大笑话！

我觉得你和仲甫都不是一定要抢《新青年》这个名称，还是主义及主张有点不同的缘故。如果主张相同，在那（哪）里办，那（哪）一个人办，成不了什么问题。但是我觉得你们两人都有点固执，仲甫一定要拿去广东，你一定要拿来北京，都觉得太拘了一点。总之我的意思，不拘《新青年》在那（哪）里办，或是停办，总该和和气气商量才是。而且兄和仲甫的朋友交情，岂可因此而大伤？《新青年》如演起南北对峙的剧来，岂不是要惹起旁人的笑死？此点愿兄细想一想。我不是说仲甫应该主张在粤办，你不应该主张在京办，不过仲甫的性情我们都该谅解他的——他的性情很固执——总之，我很愿意你等他的回信再决定办法。如果你们还是各立于两极端，我想我们只有两个办法：一个办法就是大家公决，劝你们二位（恐怕劝也无效）都牺牲了《新青年》三个字吧，停办了吧。一个办法就是听你们两位一南一北分立《新青年》，我们都不好加入那（哪）一方。这种结果都是宣告了《新青年》破产。我个人的主张虽与仲甫的主张相近，但我决不赞成你们这样争《新青年》，因为《新青年》如果是你的或是他的，我们都可以不管，如果大家都与他有点关系，我们也不应该坐视你们伤了感情。我想先把你给我的信交给玄同、豫才、起明、一涵、慰慈、孟和、抚五诸兄看过，看我们还有调停的方法没有。

守常

周作人致李大钊信札（二通）

（一）

守常兄：

来信敬悉。《新青年》我看只有任其分裂，仲甫移到广东去办，适之另发起乙种杂志，此外实在没有法子了。仲甫如仍拟略于改革，加重文艺哲学，我以气力所及，自然仍当寄稿。适之的杂志，我也很是赞成，但可以不必用《新青年》之名。《新青年》的分裂虽然已是不可掩的事实，但如发表出去（即正式的分成广东、北京两个《新青年》），未免为旧派所笑。请便中转告适之。

弟作人。

一九二一年二月廿五日

（二）

守常兄：

来信敬悉。关于《新青年》的事，我赞成所说第弍种办法；寄稿乙事，我当以力量所及，两边同样的帮忙。

一九二一年二月廿七日

我本赞成适之另办乙种注重哲学、文学的杂志，但名称大可不必用《新青年》，因为

（1）如说因内容不同，所以分为京粤两个，但著作的人如仍是大多数相同，内容便未必十分不同，别人看了当然觉得这分办没有什么必要。（如仲甫将来专用《新青年》去做宣传机关，那时我们的文章他也用不着；但他现在仍要北京同人帮他，则其内容仍然并不专限于宣传可知了。）

（2）玄同说过，《新青年》在沪既为『洋大人』所不容，在京也未必能见容于『华大人』，这实才是至理名言。我看『华大人』对于《新青年》的恶感，已经深极了，无论内容编辑如何改变，他未必能辨别，见了这个名称当然不肯轻易放过。这并不是我神经过敏的话，前年的《每周评论》便是乙个实例。

所以我希望适之能够改变意见，采用第式种办法。但北京同人如多数主张用《新青年》的名称，我也不反对。以上所说，只是个人的意见，以备采择而已。豫才没有什么别的意见。

弟作人。

梁启超致胡适信札（十通）

〔一〕

适之我兄：

昨谭快慰。尊体比复何似？郊外摄养能实行耶？至深延企，昨托百里带呈《秋蟪吟馆诗钞》，想达。此公之诗，不能谓为有创造的理想，但总算放胆做去。其最精采（彩）者如卷一之《围城纪事六咏》《苜蓿头》，卷二之《原盗》《痛定篇》《议团十首》，卷五之《兰陵女儿行》《黄婉梨》，或以日记体入诗，或以演说体入诗，或以传志体入诗，皆能自辟蹊径。大抵古体多佳，近体则可取者殊少耳。

公试一浏览，谓为何如？晚清今文学运动拟即草一篇，草成当尘教。《水浒考证》读已卒业，五体投地而已。

启超　顿首　廿六

〔二〕

前晤在君，知公并未迁地养病，何其湛灪耶？比调摄有损否？深念深念。公前责以宜为今文学运动之记述，归即属稿，通论清代学术，正再钞一副本，专乞公评骘。得百里书知公已见矣。关于此问题资料，公所知当比我尤多，见解亦必多独到处，极欲得公一长函，为之批评（亦以此要求百里），既以裨益我，且使读者增一层兴味。若公病体未平复则不敢请。倘可以从事笔墨，望弗吝教。超对于白话诗问题稍有意见，顷正作一文，二三日内可成，亦欲与公上下其议论。对于公之《哲学史纲》，欲批评者甚多，稍闲当鼓勇致公一长函，但恐又似此文，下笔不能自休耳。朴斋、竹村、春乔三先生于公为何辈行，乞见告。敬上

适之老兄

启超　顿首

十月十八日

〔三〕

前得病中复我长笺，感谢之至。生平结习，心有所注，辄废他事，是用阙焉未报。清代思想一文，已如公所教，悉为改正，所以惠我者良多矣。《吴敬轩集》仍珠言不能得，已托在君转告，不审达否？

顷复奉书及《汉代哲学史》，甚喜。第二书所示各节，恐不及改正，因原书久已付印，将成也。崔君两著，竟未之知（固陋可愧）。公处有其书能借读否？《论白话诗》一篇，本已成其半（下半只是论两先生诗，对于白话意见前半已具），余半因移治他业，久未续成。惟百里见此文后颇有异同，劝其修改，故更迟迟未续，今先将原稿奉尘。公如有所教，所最乐也（篇中希腊、拉丁之喻，百里不谓然，公谓如何）。但公病初愈，不宜多劳或不复亦佳，日内当图晤谈耳。对于大著哲学史之批评，若作书恐非简短可了，顷在清华讲国学小史，拟于先秦讲毕时专以一课批评。大作届时当奉寄耳。在此所讲，因未自编讲义，全恃腹稿，殊不畅密，学生所记，更为删润，益复劳而少功。今将所讲《老子》一章先呈教（第一章为古代思想渊源，第二章为诸子总论，笔记

稿未订正，未印）。

大著《汉代哲学史》（一）推奖淮南王安未免太过，吾以为安不过吕不韦之流亚，两书皆只能当《太平御览》《玉海》读耳，其中采掇战国末期遗说必甚多，或者邹衍之终始多在其中。公认安等为一种创作家，恐非真相。（二）司马迁似当论及，原书论历、医，已出哲学范围外，则迁之史当论，且迁亦确自有其思想。（三）贾、马、服、郑辈不能不论及，否则无以见汉代学术之全。鄙见所及如此，容细读再有所贡。拙著《佛教史》已成者得七八万言，今寄上第二、三、四章（第一章题为《印度佛教小史》，未动笔），为公养病之资。尚有第五章论翻译事业（此章用力最勤，大约可为定本，前三章皆须改），凡四万余言，其稿在都中，明后日当别寄上。此全属考证，未入正文，但佛教上考证学前人未有做过，觉此中国土可辟者甚多也。

公病可不至复发耶！至念，望极力省啬摄卫。若能见客，拟于下星期六或星期日一奉造，何如？敬复

适之兄

启超十二月十八日

抄本两稿，阅后希掷复

〔四〕

适之我兄：

大著《墨经新诂》读竟奉还，亦间附签注，希察采。别有复公一书，附印拙著末，今以钞本奉呈，此已是一月前所作，玩忽未寄耳。卷端有数十字，乃大醉后所书，醒后视之，不觉喷饭。本宜裁去，计以此博公一噱，亦良得，故遂存之。手此，敬请

著安！不尽

启超

公顷何所为？病全（痊）愈耶？罢课中倘能得新著，亦未始非幸。仆顷重理佛教史，前稿可留者，仅十之一耳，无怪古人难于著书。若我辈急就者，势必书方印成即思毁版耳。公想同兹感慨。

启超　又顿首

〔五〕

《西游记考证》读毕，甚佩。丁俭卿《书西游记后》原文，公似尚未见，今捡呈。但亦无甚新料可裨公，因公已从府县志中搜罗甚富矣。《西游》孙行者之托名悟空，似亦有故。悟空为义净同时人，留学印度最久（四十年）。

适之足下

启超　十八

〔六〕

适之足下：

顷为一小词送故人汤济武之子游学，（此子其母先亡，一姊出家，更无兄弟，孤孑极矣。）即用公写法，录一通奉阅，（下阕庄语太多，但题目如此，无法避免，且亦皆心坎中语也。）请一评，谓尚要得否？

启超　廿二

沁园春·送汤佩松毕业游学

可怜！阿松：
万恨千忧，
无父儿郎。
记而翁当日
一身殉国，
血横海峤，
魂恋宗邦。
今忽七年，
又何世界？
满眼依然鬼魅场！
泉台下，
想朝朝夜夜
红泪淋浪。

松兮！躯已昂藏（改『已似我长』）；
学问也爬过一道墙。
念目前怎样
脚跟立定？
将来怎样
热血输将？
从古最难，
做『名父子』，
松！汝簌心谨勿忘！
汝行矣！
望海云生处，
老泪千行。

〔七〕

适之吾友：

复示敬悉。原词已小有改削，再写呈。

今日又成题画四小令，并写呈，稍可观否？

大作极平实，小有批评，已登报。想见政府愦愦如此，恐终无好果也。

昨见示和文，不知所谓老先生为谁，万不料乃出秉三也。一叹。

启超　端午

沁园春·送汤佩松游学

可怜阿松，
万恨千忧，
无父儿郎！
记而翁当日
一身殉国，
尸横海峤，
魂恋宗邦。
弹指七年，
只今何世？
眼底依然百鬼忙！（此句屡改终不惬）
泉台下，
想朝朝夜夜
啼血淋浪。

松兮！已似我长；
学问也爬过一道墙。
念日前怎样
脚跟立定，
将来怎样
肩膊担当！
从古最难
作『名父子』，
松！汝当心切勿忘！
汝行矣！
望海云生处，
老泪千行。

题宋石门罗汉画像

四首

一　好事近

跋鳌堕阁戏猫

晴昼日烘花，
筛碎满阶花影。
花底猫儿打架，
问有无佛性？

霎时热恼变清凉，
雨过竹逾静。
院院悄无人语，
猛一声寒磬！

二　西江月

改那婆斯擎钵

香积炊烟散后，
祇桓斋供完时，
各人受用各些儿，
钵里醍醐一味。

达摩（去声）十年做甚？
黄梅半夜给谁？
不如搥（捶）破这铜皮！（铜皮二字未妥）
免得慧能捣鬼。

三 相见欢

那迦犀那养蒲

头陀抱甕忙佮（平声）？（此句未妥）
眼巴巴，
要看菖蒲结子又开花！

菩提叶，（原画有菩提树）
年年落，
且由他。
若会得时，一样没根芽。

四 清平乐

阇啰多伏虎

长眉低瞑，
坐得盘陀冷！
坐下山君呼不应，
跟着阇黎入定。

堂堂月照空林；
琅琅泉戛鸣琴。
后夜欠伸一吼，
眼前『大地平沈』！

〔八〕

适之足下：

昨寄稿《相见欢》中『菖蒲』应改作『石蒲』，盖所养者盆中蒲草也。若菖蒲，则开花不足奇矣。又数日前更有小词数首，并写呈。

启超　廿六

好事近

籍亮侪病中赋诗索和，其声哀厉，作小词以广之。

千古妙文章，
只有一篇《七发》。
侈说『惊涛八月』，
又『怪桐百尺』。
『主人能强起游乎？』
『惫矣，谨谢客』。
几句『要言妙道』，
恰霍然病失。

咄咄臭皮囊，
偏有许多牵掣！
哄动文殊大士，
到维摩丈室。
多生结习满身花，
天女漫饶舌。
一喝耳聋之后，
看有何言说？

西江月

癸亥端午前三日，师曾以画扇见诒，画一宜兴茶壶，媵以小词，盖绝笔矣。检视摩挲，追和此解，泫然欲涕。

忆得前年此日
陈郎好画刚成。
忽然掷笔去骑鲸，
撇下一壶茶冷！

摘叶了无叶相；
团泥那（哪）是泥形？（注一）
『虚空元自后亏盈』。（注二）
此意向翁能领。

（注一）原词云：摘叶何须龙井，团泥不必宜兴。
（注二）散原先生原句。

〔九〕

适之足下：

昨寄诸词内《相见欢》一阕拟改如下：

朝朝料水量沙，
眼巴巴，
要看石蒲结子又开花！
菩提叶，
长和落，
且由他。
若会得时，一样没根芽。

又《西江月》『黄梅半夜给谁』改『传谁』。因此字万不能用仄声也。

又《清平乐》『琅琅泉戛鸣琴』改『泉奏』，与上句『月照』叶韵。

启超

〔十〕

适之足下：

自公欧游归后，道路间隔，迄未得一促膝握手，商量旧学，相思与日俱积，想复同之耳。仆自去秋受北京图书馆之属托，编纂《中国图书大辞典》，一年以来，督率门人数辈，昕夕从事。虽写定之稿未及什之一，然颇感斯业之有益，兴味引而弥长。窃不自揆，意欲使此书成后，凡承学之士，欲研治某科之学，一展卷即能应其顾问，视以资料之所在及其资料之种类与良窳；即一般涉览者，亦如读一部有新系统的《四库提要》，诸学之门径，可得而窥也。此种愿望之成绩，虽未敢期绝对的满意，然黾勉赴之，最少亦足树立规模，以俟来者之补正，于愿亦已足矣。今将稿本略审定可缮写者，提出若干种于图书馆，以转达董事会，盼我公在会中审查时费一二日之力，细为省览，而有以是正之。其中簿录之部官录及史志一册，史部谱传类年谱之属一册，金石书画部丛帖之属一册，史部杂史类晚明之属一册，比较的可算已成之稿（虽应增改者仍甚多），自谓其组织、记述、批评皆新具别裁，与章实斋所谓横通者迥别，将来全书即略用此例。

公视似此作法，能达前所期之目的否耶？此等工具之书，编纂备极繁难，非有一人总揽全部组织不可，却绝非一人之精力所能独任。现在同学数辈分功合作，写卡片四万余纸，从稿狼籍盈数箧。幸得董事会之助，使诸人薄得膏火之资，等于工读。现在第一期工作已过（以经验之结果，知初期枉费之工作极多），下半年专从事于整理写定。原定两年成书之计画，虽未必能完全实现，要可得什之七八耳。董事会所赐补助，原定两年，今正得半，想董事诸公现提倡于始，则赓续更不成问题。仍盼我公稍注意审查成绩，估其价值，在会中力予主持，俾不致废于半途，幸甚幸甚。溽暑，诸惟珍卫，不一一。

十六年六月十八日　启超　顿首

天津意界玛尔谷路廿五号（胡适书）

叁

附录

文物价值和史料价值俱珍的重要历史文献

——中国人民大学博物馆藏『陈独秀等致胡适信札』刍议

中国人民大学马克思主义学院　齐鹏飞

新发现的『陈独秀等致胡适信札』（1920—1935年，十三通廿七页），2009年入藏新成立的中国人民大学博物馆，引起了国内学界的广泛关注。其文物价值和史料价值究竟如何？本文谈一点个人的粗浅认识。

一

这批『陈独秀等致胡适信札』，最早出现在拍卖会上。它是中国嘉德2009年春季拍卖会古籍善本专场第2833号拍品，在5月30日的拍卖会上，以554.4万元成交。买受人是一位北京的资深收藏家。这是新文化运动的领导人、『五四运动的总司令』、中国共产党的创始人和早期领袖陈独秀的书信手稿第一次在中国内地拍卖会上出现，引起了有关方面的高度重视。同年6月5日，国家文物局向嘉德拍卖公司发出文物博函〔2009〕625号——《关于优先购买『陈独秀等致胡适信札』的函》，决定对第2833号拍品『陈独秀等致胡适信札』按照成交价行使国家优先购买权，以保证该文物保留在国有收藏单位。这是国家文物主管部门依据《中华人民共和国文物保护法》的规定首次实施『文物优先购买权』。① 国家文物局征集到的这批『陈独秀等致胡适信札』，整体性地交付新成立的中国人民大学博物馆正式收藏。国家文物局局长单霁翔讲：『国家文物局在对「陈独秀等致胡适信札」这批拍卖标的进行审核时发现，「陈独秀等致胡适信札」不仅仅是写给胡适一个人的，有些信札的收信人还包括李大钊、鲁迅兄弟和钱玄同等人，内容涉及不少重大的历史事件，具有十分重要的史料价值，属于国家珍贵文物。在与拍卖公司沟通后，在保证各方利益的前提下，国家文物局依法行使了「国家优先购买权」。中国人民大学是我党创立的第一所正规大学，收藏、展示、研究等

① 《中华人民共和国文物保护法》第58条规定，『文物行政部门在审核拟拍卖的文物时，可以指定国有文物收藏单位优先购买其中的珍贵文物。购买价格由文物收藏单位的代表与文物的委托人协商确定』。但在与持有人进行协商的过程中，双方在价格上一直未能达成一致意见，于是国家文物局参照国际通行的做法，行使了『国家优先购买权』。

综合实力十分雄厚，国家把这批涉及建党历史的重要文物交由人民大学博物馆收藏保管，并开展相关学术研究，是一个理想的选择。』①

2009 年 7 月 27 日，『陈独秀等致胡适信札』入藏仪式在中国人民大学隆重举行。国家文物局局长单霁翔在致辞中指出，中国人民大学是一所以人文社会科学为主的综合性研究型全国重点大学，非常重视对中国传统文化的弘扬和传播。这次国家文物局把这批涉及建党历史的重要文物交由中国人民大学博物馆收藏保管，是国家文物局与人民大学合作的有益尝试，将有利于促进文物保护馆藏事业在高校的普及，进一步提高中国近现代思想史的文本研究水平。中国人民大学负责人在致辞中指出：中国人民大学作为中国共产党亲手缔造的第一所新型正规大学，是中共党史学科的发祥地，学校在中共党史、中国近现代思想史等学术领域有着雄厚的科研实力；这次『陈独秀等致胡适信札』重要文物入藏，不仅有利于提高学校在中国近现代思想史这一学科领域的文本研究水平，还将极大提升中国人民大学博物馆的馆藏实力。他表示，人大博物馆将严格按照国家关于珍贵文物的保管规定，安全妥善保存，科学保护保管，并尽快进行展示，编辑出版图录，组织专家开展相关研究工作。②

① 见《陈独秀、梁启超等致胡适信札入藏中国人民大学博物馆》，中国人民大学网站·人大新闻，2009 年 7 月 28 日，http://news.ruc.edu.cn。

② 见《陈独秀、梁启超等致胡适信札入藏中国人民大学博物馆》，中国人民大学网站·人大新闻，2009 年 7 月 28 日，http://news.ruc.edu.cn。

二

中国人民大学博物馆入藏的这批『陈独秀等致胡适信札』，一共十三通廿七页，即：一、陈独秀致胡适、李大钊（1920 年 5 月 7 日），民国间手稿本，一通三页纸本，17.3 厘米 ×26.5 厘米；二、陈独秀致胡适（1920 年 5 月 11 日），民国间手稿本，一通二页纸本，17.3 厘米 ×26.5 厘米；三、陈独秀致胡适（1920 年 5 月 19 日），民国间手稿本，一通二页纸本，17.3 厘米 ×26.5 厘米；四、陈独秀致胡适（1920 年 5 月 25 日），民国间手稿本，一通二页纸本，17.3 厘米 ×26.5 厘米；五、陈独秀致高一涵（1920 年 7 月 2 日），民国间手稿本，一通二页纸本，21 厘米 ×27.9 厘米；六、陈独秀致胡适（1920 年 9 月 5 日），民国间手稿本，一通一页纸本，15 厘米 ×27 厘米；七、陈独秀致高一涵、胡适（1920 年 12 月 21 日），民国间手稿本，一通一页附封一枚纸本，15.5 厘米 ×28.8 厘米；八、钱玄同致胡适（约 1920 年 12 月 21 日至 1921 年 1 月 3 日间），民国间手稿本，一通一页纸本，21.2 厘米 ×27 厘米 ③；九、陈独秀致胡适、高一涵、张慰慈、

③ 这是在 13 封信中，最为不正式的 1 封，用纸不是正规的信纸，亦非正常的书信格式，而且没有注明日期，署名是身份不辨的ㄒㄩㄢㄊㄨㄥ。据学者欧阳哲生和唐宝林的推定是陶孟和（见欧阳哲生：《〈新青年〉编辑演变之历史考辨——以 1920—1921 年同人书信为中心的探讨》，《历史研究》2009 年第 3 期；唐宝林：《陈独秀与胡适难舍难分的历史记录——关于新发现的陈独秀等致胡适的 13 封信》，『五柳村』网站，http://www.taosl.net）。而中国人民大学清史研究所黄兴涛教授等则认为ㄒㄩㄢㄊㄨㄥ是『玄同』的注音符号，即钱玄同。笔者认同此说。

李大钊等（1921年1月9日），民国间手稿本，一通二页纸本，20厘米×12.5厘米；十、钱玄同致胡适（1921年2月1日），民国间手稿本，一通一页纸本，20.4厘米×26.8厘米；十一、陈独秀致胡适（1925年2月5日），民国间手稿本，一通四页纸本，17.3厘米×24.2厘米；十二、陈独秀致胡适（1925年2月23日），民国间手稿本，一通五页纸本，17.2厘米×24.2厘米；十三、陈独秀致胡适（1932年10月10日），民国间手稿本，一通一页纸本，16.2厘米×20.4厘米。时间跨度在1920—1932年之间，主要为陈独秀写给胡适的信，内容涉及1920年《新青年》与发行商群益书社之间的矛盾以及独立办刊问题、《新青年》编辑同人思想分歧以及分裂问题、胡适参加段祺瑞政府『善后会议』问题、陈独秀狱中出版文稿问题等，是研究『五四』新文化运动史和中共建党史的重要历史文献，是研究中国近现代政治思想史和中国近现代历史人物的重要历史文献。

对于这批重要历史文献的文物价值和史料价值，已经有专家作出过初步评价——曾经参加国家文物局组织的鉴定评估之专家、鲁迅博物馆前馆长、中国人民大学文学院院长孙郁教授指出：『这些书信涉及到陈独秀、李大钊、胡适、鲁迅兄弟和钱玄同等中国近现代史上的重要人物，反映出《新青年》杂志内部的人际关系以及他们各自对杂志发展的思路，包含的信息量很大。对「五四」时期的历史背景研究有助于后人看清中国现代性的发端。……就陈独秀个人而言，由于其去世较早，所留下的文稿较少，其中与鲁迅的学生台静农探讨语言学的信件保留在台湾台静农家中，与胡适来往的信件大部分留在中国台湾和美国，而早期手稿尤为罕见。……此次收购的信件对于陈本人的性格、文采、信念都展现得十分充分，其个人形象跃然纸上。』著名的胡适研究专家、中国社会科学院近代史研究所研究员耿云志指出：『信札的内容直接反映了《新青年》杂志两位主要领导人物的思想发生分歧的过程。当时陈独秀正从一个民族主义者转变为马克思主义者，在政治立场上与胡适分道扬镳。这些史料对于厘清《新青年》的分裂过程以及中国共产党诞生前后的历史背景有重要参考价值。另外，信件中陈独秀的手迹确为真迹，字体飘逸俊秀，作为文物也有其价值。国家将其买下用作研究，是办了一件好事。』① 著名的陈独秀研究专家、中国社会科学院近代史研究所副研究员唐宝林指出：『我从各方面鉴定后，认为其是真品，而且在国内没有发表过。……这些信札的历史价值和学术价值是十分珍贵的。因为这些信主要是1920—1925年陈独秀从新文化运动转向建立共产党、从文化救亡转向政治救亡过程中，与胡适为首的坚持文化运动的北京同人之间的矛盾斗争情况，填补了这段历史的许多空白，特别使人看到在新文化运动中结成「黄金搭档」的陈独秀与胡适分离时，那种难舍难分的感人情感』。②

当然，就笔者个人的观点，中国人民大学博物馆入藏的这批『陈

① 见《陈独秀等致胡适十三封信札相关描述》，陈独秀研究网站，2009年6月24日，http://www.chenduxiu.net。

② 唐宝林：《陈独秀与胡适难舍难分的历史记录——关于新发现的陈独秀等致胡适的13封信》，『五柳村』网站，http://www.taosl.net。

独秀等致胡适信札』，其文物价值大于史料价值，主要依据就在于，这批书信的绝大部分并不是刚刚被挖掘出来，而是此前已经被公布，并且已经为学界所初步利用。2009年7月第4期《北京大学学报》（哲学社会科学版）发表其历史系教授欧阳哲生《新发现的一组关于新青年的同人来往书信》一文，其中披露：『《新青年》同人的来往书信是我们研究《新青年》从一个同人刊物转变为一个宣传马克思主义和俄罗斯革命的中国共产党机关刊物这一历史过程的最重要的文献材料。迄今有关这一过程的文献材料已先后公布三批。……2002年4月6日我前往华盛顿参加美国一年一度的亚洲学年会时，顺途访问了居住在华盛顿的胡适长子胡祖望先生一家。访谈之余，胡先生出示了一包他保留的未刊书信，外面有一张旧报纸包裹，报上有胡适用红毛笔题写的「李守常、徐志摩、陈独秀、梁任公遗札」字样。内中除了梁启超、徐志摩致胡适信外，其他信大多与本文主题密切相关，可以说弥足珍贵。这些信何时由胡适交其长子保管，并带往美国，我们暂不得而知。现在我们将这批书信整理出来，公布于世，以飨学界同人。通过新发现的这批书信与前此已公布的书信相互印证，我们对《新青年》同人在转折时期的思想分歧以及胡、陈之间的交谊可有更为充分的了解。在整理这批书信时，曾蒙耿云志、沈寂、杨天石、陈漱渝诸位先生帮助辨认，在此一并致谢。』该文整理并公布了十五封书信，其中李大钊致胡适一封，周作人致李大钊两封，是中国人民大学博物馆没有收藏的。同年，欧阳哲生教授还在2009年第3期的《历史研究》上发表了主要是利用这批新发现的重要历史文献而写就的研究成果——《〈新青年〉编辑演变之历史考辨——以1920—1921年同人书信为中心的探讨》，在学界产生了比较大的影响。

当然，这里需要特别指出的是，欧阳哲生教授整理并公布的这十五封书信中，有一些我们认为可以商榷的不尽准确的辨识字词，以及作者误识等其他相关问题（具体之处，请见《中国人民大学学报》2012年第1期同时发表的黄兴涛、张丁整理注释《中国人民大学博物馆藏『陈独秀等致胡适信札』原文》、黄兴涛《中国人民大学藏『陈独秀等致胡适信札』释读》）。

欧阳哲生教授整理并公布的十五封书信，前七封与中国人民大学此次公布的编号相同，因多出九封，另加上一封信的作者判断有异和时间估计略有出入，编号也自然出现差异。中国人民大学所整理公布的第八封、九封、十封、十一封、十二封，分别对应于欧阳哲生公布的第十封、八封、十一封、十四封和十五封。当时，欧阳哲生教授不知什么原因没有整理并公布的一封——陈独秀致胡适（1932年10月10日）——中国人民大学博物馆整理文档的编号为十三，后来由胡适后人手中流出（据未经直接证实的消息说，这批书信是嘉德公司于2009年2月在美国从胡适的儿媳曾淑昭处征集而来），一共十三通廿七页，以『陈独秀等致胡适信札』为标题捆绑性地出现在中国嘉德2009年春季拍卖会古籍善本专场上，由国家文物局行使『文物优先购买权』征集到并交付中国人民大学博物馆收藏。正是由于中国人民大学博物馆入藏的这批『陈独秀等致胡适信札』之绝大部分内容并非首次公布，所以，笔者个人认为，其文物价值大于史料价值。

另外，笔者还有一个意见直书——即使就其文物价值而言，

554.4万元的收藏价也有些偏高。而学界有同感者大有人在，如耿云志亦云：『我个人认为此次拍卖的价格偏高。今后一些研究机构再想收购海外文物，如果参照此次收购的话，这个开端似乎设置了一个比较高的门槛。』①

三

尽管中国人民大学博物馆入藏的这批『陈独秀等致胡适信札』存在着前文所指出的一些缺憾，但是，笔者个人仍然坚持认为，这批重要历史文献的文物价值和史料价值俱珍，不可低估。

首先，就这批重要历史文献的文物价值来看，新文化运动的领导人、『五四运动的总司令』、中国共产党的创始人和早期领袖陈独秀的一生，经历复杂而曲折，跌宕起伏，颠沛流离，且身前身后毁誉不定，遗留下来的书信手稿并不多，且散落各地。而这批在『五四』运动九十周年之际由胡氏后人手中流出的『陈独秀等致胡适信札』，经过专家反复鉴定和论证，确为原迹、真迹无疑，且数量集中，保存完好，字迹明晰，品相高，文本研究的价值突出。而中国人民大学作为中国共产党亲手缔造的第一所新型正规大学，是中共党史学科、中国近现代政治思想史学科的发祥地和学术研究重镇，是『五四』运动史和陈独秀研究领域的重要方面军，曾经涌现出一批上述研究领域的学术大家，如何干之、胡华、彭明、林茂生教授等，国家文物局将首次行使『文物优先购买权』征集到的『陈独秀等致胡适信札』入藏新成立的中国人民大学博物馆，作为其重要的『镇馆之宝』，可以说是众望所归，各得其所。此举，可以极大地提升已经非常明确地以『家书』和『革命文物』收藏为特色和优势的中国人民大学博物馆的馆藏实力、水平和声誉，可以极大地促进中国人民大学的相关学科在上述研究领域的学术研究工作之深入和拓展。

其次，就这批重要历史文献的史料价值来看，由于其内容涉及1920年《新青年》与发行商群益书社之间的矛盾以及独立办刊问题、1920年《新青年》编辑同人思想分歧以及分裂问题、胡适参加段祺瑞政府『善后会议』问题、陈独秀狱中出版文稿问题等，是研究『五四』新文化运动史和中共建党史的重要历史文献，是研究中国近现代政治思想史和中国近现代历史人物的重要历史文献。虽然，其中绝大部分书信手稿的内容已经多渠道地公布，并且国内学界在相关领域的研究中已经加以初步利用，但是，实事求是地讲，重视的程度还远远不够，对于其史料价值的挖掘和利用还远远谈不上充分。这里，笔者拟重点谈几个国内学界普遍感兴趣的『热点』问题：

（一）关于陈独秀往来书信的收集、整理和编辑、出版问题

近年来，随着国内学界在中共党史和中国近现代政治思想史研究领域解放思想的进一步深入，以及相关研究领域之基础研究资料［尤其是有关联共（布）和共产国际与中国革命之关系的新资料］的

① 见《陈独秀等致胡适十三封信札相关描述》，陈独秀研究网站，2009年6月24日，http://www.chenduxiu.net。

不断挖掘和日益丰富，关于陈独秀的历史评价问题，大有经过拨乱反正回归历史本原的积极趋向，因而也就迎来了新一轮的『陈独秀研究热』。而要将陈独秀研究提升到一个比较高的学术水平，就必须以丰富而扎实的基础研究资料尤其是第一手的基础研究资料——陈独秀的所遗文本为支撑。陈独秀书信就是其中重要的组成部分。学者张静如曾经感叹：『陈独秀研究的整体水平还不高，对陈独秀的遗文研究还不够。』①目前，国内学界已经收集、整理和编辑、出版的陈独秀书信，仅仅是其一生浩繁的所写书信之一小部分，远远没有穷尽。

据不完全统计，目前，中国对于陈独秀书信进行收集、整理和编辑、出版并且已经成批、成编的主要见于：《独秀文存》（上海亚东图书馆1922年版）、《后期的陈独秀及其文章选编》（四川人民出版社1980年版）、《陈独秀文章选编》（生活·读书·新知三联书店1984年版）、《陈独秀书信集》（新华出版社1987年版）、《陈独秀年谱》（上海人民出版社1988年版）、《陈独秀选集》（天津人民出版社1990年版）、《陈独秀著作选》（上海人民出版社1993年版）、《陈独秀著作选编》（上海人民出版社2009年版）等，不算重复收录者，收集、整理并公布的陈独秀书信约500封。港澳台地区对于陈独秀书信进行收集、整理和编辑、出版并且已经成批、成编的主要见于：《陈独秀的最后见解（论文和书信）》（香港自由中国社1949年版），以及台北『中央研究院』中国文哲研究所筹备处1996年编辑出版的《台静农先生珍藏书札》（一），收集整理并公布了1939年至1942年间的陈独秀书信百余封②。除上述成批、成编的陈独秀书信外，还有相当一部分散落在陈独秀同时代人的各类著作选编和书信选集中，主要者见《胡适来往书信选》（香港中华书局1983年版）、《胡适遗稿及秘藏书信》（合肥黄山书社1994年版）、《胡适书信集》（北京大学出版社1996年版）、《胡适文集》（北京大学出版社1998年版）、《胡适全集》（安徽教育出版社2003年版）等。还有相当一部分散落在各地各级各类的资料室、图书馆、档案馆、博物馆和个人手中，有的始终没有正式整理并公布——如最早在四川渠县档案馆发现、后来经过四川省档案馆上交北京中央档案馆收藏保管的陈独秀晚年致杨鹏升的书信四十封③，如收藏保管在沈寂手中的陈独秀致程演生信等

① 张静如：《读育之同志文有感》，《百年潮》2002年第4期。

② 这批陈独秀书信，都是陈独秀写给其晚年好友、中国近现代文化名人台静农的，台静农1946年赴台湾大学任教时带去台湾，一直没有公开发表。这批陈独秀书信，时间跨度是1939年至1942年，计1939年6封，1940年35封，1941年36封，1942年17封，年月不确定者5封，只有信封者12封。1990年台静农去世以后，台北『中央研究院』中国文哲研究所筹备处在编辑出版《台静农先生辑存遗稿》时，单独将其中分量比较大的陈独秀书信，以《台静农先生珍藏书札》（一）之名编辑出版。中国大陆的《书屋》杂志在其2000年第11期上刊登的靳树鹏选注《陈独秀晚年书信三十八封》，即是其中的一部分。

③ 这批陈独秀书信，都是陈独秀晚年写给对他进行多方面资助的黄埔军校毕业的国民党高级军官杨鹏升的，时间跨度是1939年至1942年，多由『江津鹤山亭』寄出，收件地址为成都西门外北巷子九里堤劲草园，信纸或用宣纸，或用一般写字纸，每页左下角均有『独秀用笺』的印章，其字体以小篆为主，间或草书。陈独秀最后一封信写于1942年4月5日。陈独秀对杨鹏升多年的资助表示『内心极度不安，却之不恭而受之有愧』，信封的背后，留有杨鹏升的字迹：『此为陈独秀先生最后之函，先生五月二十七日逝世于江津，四月五日书我也。哲人其萎，怆悼何极。』

①。有的已经经过正式整理并初步公布——如北京中华书局1954年出版的《中国现代出版史料》甲编所发表《关于〈新青年〉问题的几封信》，如发表于1979年《历史研究》的由鲁迅博物馆供稿、陆品晶注释的部分陈独秀书信，如发表于上海文艺出版社1980年出版的《中国现代文艺资料丛刊》的部分陈独秀书信，如前文提到的欧阳哲生在2009年第4期《北京大学学报》（哲学社会科学版）上发表的《新发现的一组关于新青年的同人来往书信》一文，披露了收藏保管在胡适后人手中的关于新青年同人来往书信十五封（其中有陈独秀书信十封），亦即后来由国家文物局首次行使『文物优先购买权』征集到并入藏中国人民大学博物馆的『陈独秀等致胡适信札』之主体。中国人民大学博物馆入藏的这批『陈独秀等致胡适信札』，除已经被欧阳哲生先行整理并公布的部分外，尚余一封——陈独秀致胡适（1932年10月10日），还没有正式公布。相信，此次中国人民大学博物馆整体性地整理并公布『陈独秀等致胡适信札』，将会对目前已经取得重大进展的陈独秀书信之收集、整理和编辑、出版工作起到积极的推动作用。

笔者个人认为，随着近年来陈独秀书信手稿的不断发现和日益丰富，修订出版更加全面而系统的《陈独秀书信集》或《陈独秀书信选》的时机已经日益成熟，这将为促进陈独秀研究的进一步深化，提供一个重要的文本和史料支撑点。

① 见欧阳哲生：《〈新青年〉编辑演变之历史考辨——以1920—1921年同人书信为中心的探讨》，《历史研究》2009年第3期，注释（35）。

（二）关于《新青年》的研究

《新青年》，1915年9月15日在上海创刊，初名为《青年杂志》。1916年9月1日出版第二卷第一号时改名为《新青年》。1917年初，《新青年》编辑部迁到北京。从第四卷第一号（1918年1月）起实行改版，采用白话文和新式标点。1920年上半年，《新青年》编辑部移到上海编印。从1920年9月的第八卷第一号起，成为中国上海共产主义小组的机关刊物。1921年1月《新青年》编辑部迁往广州，出版了第九卷第一号至第六号。1922年7月休刊。1923年6月中共三大后，由月刊改为季刊，成为中共中央正式的理论性机关刊物，一共出了四期，以平民书社名义出版。1924年12月又一次被迫休刊。1925年4月，《新青年》又由季刊改为月刊，实际上未能如期出版，成了不定期刊。改刊后只出了五期，到1926年7月停刊。历时十年十个月零十天。《新青年》，从第一卷至第三卷，由陈独秀主撰或主编（1915年9月15日至1917年8月1日），作者主要是安徽籍学者。第四、五、六卷（1918年1月15日至1919年11月1日），由同人轮流编辑，作者主要为北京大学教师和学生（《新青年》成为同人刊物的具体时间，欧阳哲生最新推定为1917年6、7月间②）。第七、八、九卷，是过渡阶段，从第七卷（1919年12月1日）起重新由陈独秀主编，到第八卷（1920年9月1日）开始为中国上海共产主义小组所掌握，作者则是原北京同人和上海编辑部同人并存。1923年6月复刊后的《新青年》（季刊），是中共中央的理论性机关刊物，作

② 见欧阳哲生：《〈新青年〉编辑演变之历史考辨——以1920—1921年同人书信为中心的探讨》，《历史研究》2009年第3期。

者主要为中共党内年轻的理论家。

《新青年》从一个综合性的同人文化杂志，嬗变为中共中央的一个理论性机关刊物，是新文化运动史、五四运动史、马克思主义传播史和中国共产党创建史上的一个颇耐人寻味的标志性事件。其中，《新青年》编辑部同人的思想流变是一个深入探究的重要切入口。而此一时期他们之间大量的往来书信则为我们提供了特殊的解读路径。

关于该问题的研究，国内学界已经有全面而深入的丰硕成果，这里不再冗述。本文仅仅拟围绕中国人民大学博物馆入藏的『陈独秀等致胡适信札』所披露的相关内容，集中对1920年《新青年》与发行商群益书社之间发生矛盾以及独立办刊问题，进行一些补充说明。

群益书社是中国近现代的一家小型出版社。1901年由留学日本的湖南长沙人陈子沛、陈子寿兄弟二人（堂兄陈子美出资）在东京创办，1902年迁移至湖南长沙。1907年设分社于上海福州路惠福里，1912年搬至棋盘街（今河南中路）泗泾路口，并将总社迁移至此。同时在日本东京和湖南长沙设立分社。1935年停业，1945年复业，1951年再次歇业。

1915年，从日本回国到上海的陈独秀，经过亚东图书馆创办人汪孟邹的介绍，与群益书社的陈子沛、陈子寿兄弟二人相识，决定将新创办的《青年杂志》交由群益书社出版发行。据汪原放讲：『据我大叔（汪孟邹）回忆，民国二年（1913年），仲甫亡命到上海来，他没有事，常要到我们店里来。他想出一本杂志，说只要十年、八年的工夫，一定会发生很大的影响，叫我认真想法。我实在没有力量做，后来才介绍他给群益书社陈子沛、子寿兄弟。他们竟同意接受，议定每月的编辑费和稿费二百元，月出一本，就是《新青年》（先叫做《青年杂志》，后来才改做《新青年》）。』① 这样，《青年杂志》（《新青年》）第一卷至第六卷的出版发行包括印刷就都由群益书社承担。在此期间，双方的合作是基本融洽的，『《新青年》愈出愈好，销数也大了，最多一个月可以印一万五六千本了（起初每期只印一千本）』。② 也就是说，群益书社对《青年杂志》（《新青年》）的创刊和早期的发展是发挥过非常重要的积极作用的。

但是，从第七卷开始，事情发生了微妙的变化，《新青年》与群益书社在合作问题上逐步出现分歧。按欧阳哲生的话讲：『随着《新青年》声誉飙升，群益书社的利润自然也增大，但书社老板似未改其初时心态，陈独秀与之矛盾遂不断加剧，以致对簿公堂，最终在《新青年》七卷出版后与之脱离关系。』③ 据相关史料披露，双方发生矛盾的直接导火索是《新青年》第七卷第六号的出版发行问题。《新青年》第七卷第六号为『劳动节纪念号』，篇幅从原来每期一百三十页至二百页不等猛增至四百多页，群益书社提出加价，而陈独秀考虑到读者应是下层无产者，故不同意加价。对此，汪原放回忆说：『只记得陈仲翁认为《新青年》第七卷第六号劳动节纪念

① 见汪原放：《回忆亚东图书馆》，上海学林出版社1983年版，第31—32页。
② 见汪原放：《回忆亚东图书馆》，上海学林出版社1983年版，第31—32页。
③ 见欧阳哲生：《〈新青年〉编辑演变之历史考辨——以1920—1921年同人书信为中心的探讨》，《历史研究》2009年第3期。

号（1920年5月1日出版）虽然比平时的页数要多得多，群益也实在不应该加价。但群益方面说，本期又有锌版，又有表格，排工贵得多，用纸也多得多，如果不加价，亏本太多。我的大叔两边跑，两边劝，无法调停，终于决裂，《新青年》独立了。记得我的大叔（汪孟邹）说过：仲甫的脾气真大，一句不对，他竟大拍桌子，把我骂了一顿。我无论怎么说，不行了，非独立不可了。我看也好。我想来想去，实在无法再拉拢了。』① 由于双方矛盾激化，陈独秀遂酝酿自办发行、独立办刊。

1920年陈独秀离开北京大学到上海，《新青年》编辑事务也随之移到上海，编辑部设在陈独秀的寓所，即上海法租界环龙路渔阳里二号。当年4月26日，陈独秀致信李大钊、胡适、张申府、钱玄同、顾孟馀、陶孟和、陈大齐、沈尹默、张慰慈、王星拱、朱希祖、周作人等12人，言：『《新青年》七卷六号稿已齐（计四百面），上海方面五月一日可以出版，到京须在五日以后。本卷已有结束，以后拟如何办法，尚请公同讨论赐复：（1）是否接续出版？（2）倘续出，对发行部初次所定合同已满期，有无应与交涉的事？（3）编辑人问题：（一）由在京诸人轮流担任；（二）由在京一人担任；（三）由弟在沪担任。为时已迫，以上各条，请速赐复。』② 这是1920年陈独秀离开北京大学到上海后，就《新青年》第七卷结束以后之事第一次向北京同人征询意见。该信中所提合同系指《〈新青年〉编辑部与上海发行部重订条件》。《新青年》第七卷第六号仍然是如约继续由群益书社出版发行包括印刷，没有延期，但是，由于在这个过程中，《新青年》与群益书社之间的矛盾已经不可调和，所以陈独秀不能不提到《新青年》从第八卷开始是否与群益书社之间续签合约的问题。

因为对于陈独秀的去信北京同人并未迅速作复，故陈独秀于当年5月7日再次致信胡适、李大钊，催促其表态。此信即中国人民大学博物馆入藏的『陈独秀等致胡适信札』之一——《陈独秀致胡适、李大钊》。在该信中，陈独秀向北京同人通报了刚刚发生的与群益书社的冲突和自己的态度。

当年5月11日，陈独秀又一次致信胡适，再度进行催促。此信即中国人民大学博物馆入藏的『陈独秀等致胡适信札』之二——《陈独秀致胡适》。

在接到胡适的二封回信以后，5月19日以前和5月19日，陈独秀又发出了致胡适信二封。5月19日以前的第一封回信目前尚不得见，第二封回信即中国人民大学博物馆入藏的『陈独秀等致胡适信札』之三——《陈独秀致胡适》。

当年5月25日，陈独秀又一次致信胡适，再谈《新青年》与群益书社之间的矛盾以及独立办刊的问题。此信即中国人民大学博物馆入藏的『陈独秀等致胡适信札』之四——《陈独秀致胡适》。

当年7月2日，陈独秀致信高一涵，也谈及《新青年》与群益书社之间的矛盾以及独立办刊的问题。此信即中国人民大学博物馆

① 见汪原放：《回忆亚东图书馆》，上海学林出版社1983年版，第31—32页。
② 见中国社会科学院近代史研究所中华民国史研究室编：《胡适来往书信选》（上册），香港中华书局1983年版，第89页。

入藏的『陈独秀等致胡适信札』之五——《陈独秀致高一涵》。

上述几封信中提到的关于《新青年》拟独立办刊之招股问题，陈独秀最初的设想是广纳『外股』，而胡适则提出了不同的意见，主张以《新青年》编辑部同人之撰文作为股份。陈独秀也接受了，并进行了初步尝试，但是效果不佳，主要是北京同人供稿不积极、不充分，令陈独秀颇为失望和不满。而陈独秀始终没有放弃的招『外股』之努力，也进展不顺利。《新青年》的办刊经费遭遇到前所未有的压力。但是，就是在这样的困境下，陈独秀仍然坚持不与『既想发横财，又怕风波，实在难与共事』的群益书社妥协，而以自立的新青年社支撑《新青年》独立运作之基本立场。所以，从第八卷开始，《新青年》便结束了此前与群益书社前后共七卷42期的合作关系，走向了独立办刊的道路。而《新青年》的发行工作则交回到陈独秀的老关系——汪孟邹主持的亚东图书馆。《新青年》脱离群益书社而独立办刊以后，据说还引起过一段轰动一时的『官司』。据郭沫若回忆：『青年社由群益书局独立时，书局的老板提起过诉讼，这是人众皆知的事体。』①

目前，国内学界对于1920年《新青年》走向了独立办刊的道路之原因分析，主流意见已经不是传统的『主要是由于陈独秀与胡适关于《新青年》「谈不谈政治」的思想分歧和冲突所致』，而是认为《新青年》与群益书社之间不可调和的矛盾是其主要的和最直接的诱因。当然，这不是否认在这一过程中，北京同人中的相当一部分已经对于由上海编辑部编辑出版的《新青年》日益浓厚的『主义』宣传之特别色彩表示不满而致与陈独秀之间的思想分歧和矛盾逐步加剧的问题存在。事实上，这种思想分歧和矛盾正是日后《新青年》分裂、《新青年》编辑部同人分道扬镳的契机和主要根源。对于该问题，国内学界也已经有非常成型、成熟的研究成果。而中国人民大学博物馆入藏的『陈独秀等致胡适信札』也有相关内容涉及于此，可以作为重要的补充材料。

1920年底，在关于《新青年》之办刊方针方面出现诸多思想分歧和矛盾以后，胡适等北京同人经过商议后，由胡适集合诸人意见，致信当时已经离开上海到广州的陈独秀，正式提出他们对于《新青年》发展出路的不同意见：『《新青年》色彩过于鲜明，兄言近亦不以为然，但此是已成之事实，今虽有意抹淡，似亦非易事。北京同人抹淡的工夫决赶不上上海同人染浓的手段之神速。现在想来，只有三个办法：1.听《新青年》流为一种有特别色彩之杂志，而另创一个哲学文学的杂志，篇幅不求多，而材料必求精。我秋间久有此意，因病不能作计划，故不曾对朋友说。2.若要《新青年》改变内容，非恢复我们不谈政治的戒约，不能做到。但此时上海同人似不便做此一着，兄似更不便，因为不愿示人以弱。但北京同人正不妨如此宣言。故我主张趁兄离沪的机会，将《新青年》编辑的事，自九卷一号移到北京来。由北京同人于九卷一号内发表一个新宣言，略根据七卷一号的宣言，而注重学术思想艺文的改造，声明不谈政

① 郭沫若：《创造十年》，上海现代书局1932年版，第17页。

治。孟和说，《新青年》既被邮局停寄，何不暂时停办，此是第三办法。但此法与新青年社的营业似有妨碍，故不如前两法。总之，此问题现在确有解决之必要。望兄质直答我，并望原谅我的质直说话。此信一涵、慰慈见过。守常、孟和、玄同三人知道此信的内容。他们对于前两条办法，都赞成，以为都可行。余人我明天通知。抚五看过，说深表赞同。此信我另抄一份，寄给上海编辑部看。』① 信中所言钱玄同已经看过此信并赞同有关内容，可见中国人民大学博物馆入藏的『陈独秀等致胡适信札』之八——《钱玄同致胡适》。

1921 年 1 月 9 日，陈独秀复信胡适等北京同人，表示完全不能接受他们所提出的解决办法。此信即中国人民大学博物馆入藏的『陈独秀等致胡适信札』之九——《陈独秀致胡适、高一涵、张慰慈、李大钊等》。

也就是说，陈独秀与胡适这两位《新青年》领袖人物对于《新青年》办刊方针之思想分歧和矛盾，已经是非常严重并且日益公开化了。

1921 年 1 月 22 日，胡适致信李大钊、鲁迅、钱玄同、陶孟和、张慰慈、周作人、王星拱、高一涵，对此前的意见又有所修正：『原函的第三条停办办法，我本已声明不用，可不必谈。第二条办法，豫才兄与启明兄皆主张不必声明不谈政治，孟和兄亦有此意。我于第二次与独秀信中曾补叙入。此条含两层：1. 移回北京；2. 移回北京而宣言不谈政治。独秀对于后者似太生气，我很愿意取消宣言不谈政治之说，单提出移回

① 《关于〈新青年〉问题的几封信》之二，张静庐辑注：《中国现代出版史料》甲编，北京中华书局 1954 年版，第 8 页。此信未署时间，应作于 1920 年 12 月 27 日后不久。

北京编辑一法。独秀对于第一办法另办一杂志也有一层大误解。他以为这个提议是反对他个人。我并不反对他个人，亦不反对《新青年》。不过我认为今日有一个文学哲学的杂志的必要，今《新青年》差不多成了 Soviet Russia 的汉译本，故我想另创一个专关学术艺文的杂志。今独秀既如此生气，并且认为反对他个人的表示，我很愿意取消此议，专提出移回北京编辑一个办法。诸位意见如何？千万请老实批评我的意见，并请对于此议下一个表决。』② 也就是说，态度有所缓和，仅仅坚持《新青年》『移回北京编辑』一说。但是北京同人的反映意见并不一致。如比较消极的钱玄同，就已经感觉《新青年》分裂不可避免，故 1 月 29 日致信胡适：『与其彼此隐忍迁就的合并，还是分裂的好。要是移到北京来，大家感动［情］都不伤，自然不移；要是比分裂更伤，还是不移而另办为宜。至于孟和兄停办之说，我无论如何，是绝对不赞成的。』③ 2 月 1 日，钱玄同再次致信胡适，明确表态今后将与《新青年》完全脱离关系，成为北京同人中继刘半农、陶孟和之后，声明退出《新青年》的又一位代表性人物。此信即中国人民大学博物馆入藏的『陈独秀等致胡适信札』之十——《钱玄同致胡适》。

至此，《新青年》分裂之势已经不可逆转。

② 《关于〈新青年〉问题的几封信》之二，张静庐辑注：《中国现代出版史料》甲编，北京中华书局 1954 年版，第 8 页。

③ 见中国社会科学院近代史研究所中华民国史研究室编：《胡适来往书信选》（上册），香港中华书局 1983 年版，第 122—123 页。

（三）关于陈独秀与胡适的关系问题

在国内学界，关于陈独秀与胡适之间是非恩怨的关系问题，一直是一个被津津乐道的热门话题。当然，近年来，已经很少有学者再坚持两人在『五四』新文化运动期间分道扬镳以后即成为水火不容的政敌之传统观点，而是大多认为两人即使在走上迥然不同的政治发展道路以后，在各自坚持自己的政治立场的基础上仍然终身保持着『惺惺相惜』的『君子之交』和个人私谊。关于这一点，中国人民大学博物馆入藏的『陈独秀等致胡适信札』所披露的相关内容，也可以从某一个侧面予以佐证。

1. 关于胡适参加段祺瑞政府『善后会议』的问题

在中国人民大学博物馆入藏的『陈独秀等致胡适信札』中，有二封信涉及此一内容，即 1925 年 2 月 5 日的陈独秀致胡适信、1925 年 2 月 23 日的陈独秀致胡适信，也就是中国人民大学博物馆入藏的『陈独秀等致胡适信札』之十一——《陈独秀致胡适》、之十二——《陈独秀致胡适》。

对于 1925 年胡适参加段祺瑞执政府召开的『善后会议』以及风传之胡适与段祺瑞执政府的教育总长章士钊合办报纸一事，当时中国共产党人和激进的青年学生是给予激烈抨击的。而中共中央总书记陈独秀的态度则颇与众不同，对于此一问题，他在坚持自己并不赞同的固有立场时，更多的是采用『理解式同情』的善意批评和提醒，极力维护这位性情温文而又执着的老朋友的声誉和形象，其情拳拳，其言切切——『现在有出席善后会议资格的人，消极鸣高，自然比同流合污者稍胜，然终以加入奋斗为上乘（弟曾反子民先生不合作主义以此）。因此，兄毅然出席善后会议去尝试一下，社会上颇有人反对，弟却以兄出席为然。但这里有一个重要问题，就是兄在此会议席上，必须卓然自立，不至失去中国近代大著作家胡适的身分才好。……弟明知吾兄未必肯纳此逆耳之言，然以朋友之谊应该说出才安心。』『我并不反对你参加善后会议，也不疑心你有什么私利私图，所以这些话都不必说及，惟有两层意思还要向你再说一下。（一）你在会议中总要有几次为国家为人民说话，无论可行与否，终要尝试一下，才能够表示你参加会议的确和别人不同，只准备『看出会议式的解决何以失败的内幕来』，还太不够。（二）接近政府党一层，我们并不是说你有『知而为之』的危险，是恐怕你有『为而不知』的危险，……我们固然不能相信这是事实，然而适之兄！你的老朋友见了此等新闻，怎不难受！』『道不同』未必『不相与谋』。用学者唐宝林的话讲就是：『在这里，人们再次看到陈与胡关系的特殊性：既坚持原则，又维持友谊。』① 后来胡适在参加『善后会议』时消极和不合作的态度以及中途退出，不能完全排除来自陈独秀的点滴影响。

2. 关于陈独秀狱中出版文稿的问题

在中国人民大学博物馆入藏的『陈独秀等致胡适信札』中，

① 唐宝林：《陈独秀与胡适难舍难分的历史记录——关于新发现的陈独秀等致胡适的 13 封信》，『五柳村』网站，http://www.taosl.net。

有一封信涉及此一内容，即1932年10月10日的陈独秀致胡适信，也就是中国人民大学博物馆入藏的『陈独秀等致胡适信札』之十三——《陈独秀致胡适》。

学者欧阳哲生在其一篇研究《新青年》的论文中讲：对于陈独秀、胡适等这批新文化运动的代表性人物而言，『编撰《新青年》这一人生经历已是他们难以割舍、永不忘怀的群体记忆』。『《新青年》同人非常重视在五四时期的人生经历和友谊，这种情感常常在他们遭受重大变故时表现得尤为突出。』① 笔者深以为然。

陈独秀一生牢狱之灾不断，但每一次，胡适均竭尽所能予以营救。

1932年10月15日，陈独秀第五次也是最后一次被捕入狱，胡适同样想办法施以援手。在陈独秀待审期间，胡适于当年10月29日在北京大学发表讲演《陈独秀与文学革命》，重申陈独秀对新文化运动尤其是文学革命的伟大贡献，回应国民党当局对于陈独秀的种种诬陷，『这是反动，那么现在的革命不是反动？』② 同时，胡适主编的《独立评论》，也刊出傅斯年写的《陈独秀案》，公开为陈独秀辩护。而对于陈独秀在被捕入狱的前数日来信所托的两件事，也尽可能地予以帮助。胡适在已经明确得知陈独秀所著的《拼音文字》因为政治原因而商务印书馆已经不能出版的情况下，仍然与赵元任等一起私下里筹集了一千元，以稿费的名义送给陈独秀，宽慰陈独秀，并供他生活之一时之需。这一切，无疑令身处囹圄、贫困交加的陈独秀倍感温暖。此乃相知有素的一对老朋友半世情缘的真实写照。

以上笔者对于中国人民大学博物馆入藏的『陈独秀等致胡适信札』的释读，是非常初步和粗浅的，错讹之处在所难免，权当抛砖引玉，敬请方家教正。这批新发现的重要历史文献之文物价值和史料价值的进一步挖掘和利用，尚待各位同人的共同努力！

（原载《中国人民大学学报》2012年第一期，收录本书时略有修改）

① 见欧阳哲生：《〈新青年〉编辑演变之历史考辨——以1920—1921年同人书信为中心的探讨》，《历史研究》2009年第3期。

② 全文见王树棣等编：《陈独秀评论选编》（下卷），河南人民出版社1982年版，第289—293页。

中国人民大学藏『陈独秀等致胡适信札』释读

中国人民大学历史学院　黄兴涛

2009年6月，国家文物局将从嘉德拍卖公司购买的『陈独秀等致胡适信札』十三封，移交给中国人民大学博物馆收藏。这批珍贵文物的写作时间是1920—1932年间。它们的发现，对于今人认识五四新文化运动和中国共产党成立前的准备，对于深入了解《新青年》杂志后期的发展演变，以及编辑同人之间，尤其是胡适与陈独秀、李季等之间的复杂关系，都具有重要的史料价值。由于欧阳哲生和唐宝林等学者，已就相关问题作过全面深入的探讨，故这里，笔者只拟对前人关注不够、讨论不足或仍存疑问的几个相关问题，略作释读和研究。

一、双重的分裂与『新青年社』的历史

众所周知，1915年陈独秀所创办的《青年杂志》改名为《新青年》之后，迅速成为五四新文化运动的『发动机』。《新青年》最辉煌的阶段，乃是1917年至1920年初的同人编辑时期。史书通常都将新文化运动分为前后两期，而认为后期以传播马克思主义为主要特色。但这一转变，究竟从何时开始？是1919年五四运动以后，还是1920年2月陈独秀南下上海以后？还是陈独秀在《新青年》上发表《谈政治》一文之后？对此，学界至今并没有一个公认的结论。在笔者看来，从《新青年》编辑人员在组织上的变化着眼，进行有关思想变化的说明，无论如何都是必要的，而『新青年社』的成立，则是其中一个具有标志性的环节。

现在，总有人喜欢一般性地称创建伊始的《新青年》之编辑和出版者为『新青年社』或《新青年》杂志社，实际上真正名副其实的『新青年社』，是很晚才正式出现的，它首先是《新青年》的主导编辑和其原出版阵营『群益书社』发生分裂的结果。对于这种分裂，过去二十几年，学者们主要从汪原放的《回忆亚东图书馆》一书中得到间接的信息，直到2009年5月至7月，有关陈独秀等1920年至1925年致胡适的部分新信札由学者欧阳哲生和嘉德拍卖公司陆续揭出后，学界才得以见到更多更为直接的史证。这批书信的绝大部分，已于2009年6月被国家文物局收购，并于次月转入中国人民大学博物馆正式收藏。

在这批书信中，陈独秀于1920年5月7日、11日、19日、25日致胡适等人的多封信札里，都谈到了和群益书社的矛盾纠葛。概而言之，其直接的冲突表现为经济原因，涉及《新青年》的定价，同群益不满该刊政治思想倾向的日益激进，也不无直接关联，用陈独秀的话来说，就是『这种商人既想发横财，又怕风波，实在难与共事』。因此，从是年5月起，陈独秀就开始考虑如何招股独立办一出版发行机构的问题。起初，他认为这一机构的名称最好是『新青年社』，但不久发现这一名称『简直是一个报社的名子，不便招股』，于是又想出『兴文社』的名称，并以此名义招股一千元。①但仍是杯水车薪，无济于事。就在陈独秀彷徨无计之时，共产国际伸出了救援之手。得到经济资助的陈独秀，终于能放手创办『新青年社』。『兴文社』等名称，也就被他自然放弃。

『新青年社』成立于何时？这并不能说已经是一个完全解决的问题。笔者认为它初步形成于1920年8月15日，因为该日陈独秀、李汉俊等领导创刊的《劳动界》，已标明为『新青年社』发行。而它正式成立的日期，则是1920年9月1日，其标志当为核心刊物《新青年》八卷一号郑重推出。『新青年社』的成立似乎没有正式发表宣言，但我以为实际存在两个相当于宣言的东西：一个是《新青年社〈本志特别启事〉》，相当于组织和管理宣言；另一个是陈独秀那篇著名的《谈政治》一文，相当于某种意义上的办刊宗旨调整宣言。前者明确写道：

本志自八卷一号起，由编辑部同人自行组织新青年社，直接办理编辑印刷一切事务。凡关于投稿及交换告白杂志等事（彼此交换杂志均以一册为限。）均请与上海法租界环龙路渔阳里2号新青年社编辑部接洽；凡关于发行事件，请与上海法大马路大自鸣钟对面新青年社总发行所接洽。八卷一号以前的事，仍由群益书社负责。以后凡直接在本社总发行所定购一卷以上者，在此期限内发行的特别号（例如前次的劳动节纪念号）概不加报价和邮费，特此预先声明，以免误会。

该『启事』表明，『新青年社』成立之后的业务已与群益书社无关，在组织结构上，它则由编辑部和总发行所两个部分组成。编辑部也已不再叫《新青年》编辑部，而叫『新青年社编辑部』，除编《新青年》外，它显然还有其他任务。『启事』还针对过去与群益书社的分歧所在，特别表明了《新青年》不加定价和邮费的立场。与此同时，陈独秀在该号上，还专门发表《谈政治》一文，公开批评以胡适为代表的一些《新青年》编辑不谈政治的态度，并较为明确地表明了其倾向马克思主义的立场。从此期开始，《新青年》每期上都开有『俄罗斯研究』专栏，其具体编务，也逐渐被陈望道、李汉俊等年轻的上海共产主义小组成员所控制。可以说，传播马克思主义，从此遂成为《新青年》的主流。

① 以上具体内容，可参见黄兴涛、张丁整理注释：《中国人民大学博物馆藏『陈独秀等致胡适信札』原文》前四信。

由此可见，『新青年社』的宣告成立，乃是一种双重裂变的结果。一是主导编辑与原来的出版者群益书社的分裂，二是《新青年》编辑同人内部更加迅速的分化与南北的彼此疏离。但同与群益书社的彻底决裂相比，后者的分裂此时还没有发展到无可挽回的地步，至少在形式上是如此。此后，围绕着办刊地点、编辑原则，陈独秀等与昔日的北京编辑同人，仍不断地进行着沟通。

这次中国人民大学博物馆入藏的『陈独秀等致胡适信札』，就不仅提供了不少『新青年社』正式成立之前陈独秀与北京编辑同人之间不断疏离的直接史实，也提供了此后彼此分裂走向激化的一些重要资料。比如，1921年1月9日陈独秀致胡适、高一涵、张慰慈、李大钊等九人的信（也就是本次整理公布的第九封信），就具有某种标志性的分裂认证意义。在这封相当正式且带有公函性质的通信中，陈独秀已明确地将北京同人排除在『新青年社』之外。该信最末，陈在签名后又特别补充一段说明：『再启者，前拟用同人名义发起新青年社，此时官厅对新青年社颇忌恶，诸君都在北京，似不便出名，此层如何办法，乞示知』。理由的表述并不充分，甚至还有点牵强，但其中的含义已十分明白，不过是借机捅破那层面纱而已。此后，陈独秀的决心已定，结局已在预料之中。

没有了胡适等北京编辑同人，『新青年社』依然存在，只是已纯粹成为中共党内的理论宣传机关，直至1926年《新青年》终刊。2009年5月至今，随着最终入藏中国人民大学博物馆的这批书信的发现和利用，欧阳哲生等学者对《新青年》编辑的历史，已作了日见深化的探讨，但对于『新青年社』来说，除了编辑《新青年》杂志之外，它还出版《劳动界》和《伙友》等杂志、开办『新青年书社』，并从事其他相关的文化活动。其中，组织和出版『新青年丛书』近十种①，在『新青年社』成立初期的历史当中，具有不容忽视的重要意义。而瞿秋白主编《新青年》后，还组织过一套『新青年社丛书』。这些内容，今后都还有待学界同人继续进行深入细致的研讨。

二、汉语书写形式的革命：书信里的新式标点与横排自觉

阅读这批《新青年》核心人物之间的通信手迹，一般人也许不会太关注他们在书信里所使用的新式标点符号和横排书写问题。不过笔者以为，既然新式标点的采纳与横排的努力属于新文化运动的有机组成部分，并构成现代汉字书写形式革命性变革的重要一环，那么，通过透视这些新文化提倡者们的有关具体实践，特别是他们彼此之间私人化的通信里相对不太经意的使用，就不仅可以成为测

① 这批丛书包括克卡朴著，李季译《社会主义史》；新青年社编辑部编的《社会主义讨论集》；罗素著，黄凌霜译《哲学问题》；哈啼著，汪敬熙译《疯狂之心理》；柯尔著，张慰慈、高一涵译《工业自治》；坎斯著，陶孟和、沈性仁译《欧洲和议后之经济》；柯祖基（即考茨基）著，恽代英译《阶级争斗》等。可见，北京《新青年》编辑同人还有一些包括在译者之中。

度他们有关认知和实践水平的某种参考，也可以据此了解他们有关主张的自觉和真诚程度。

在《新青年》的编辑团队中，与新式标点和横排问题的提出与早期实践最有关系的，正是这批书信的作者陈独秀、钱玄同和主要通信对象胡适。早在1916年1月，胡适就在《科学》杂志上发表《论句读和文字符号》一文，较早提出了应采纳新式标点符号的意义及其他认为合理的种类。不过，在《新青年》杂志上最早热心推动新式标点和横排问题的讨论及其实践的，却数钱玄同。在他的直接主张下，陈独秀获得编辑同人的一致同意，决定《新青年》从1918年1月四卷一号起，开始采用新式标点符号。这在人文类杂志里，具有开创性，但一开始仍很不统一。1918年2月，钱玄同在《新青年》四卷二号提议，新式标点可采用繁、简两种形式：繁式包括『，』『；』『：』『.或。』『？』『！』六种；简式只包括『、』和『。』两种。但规范化的力度仍不能让激进的读者满意，如陈望道就批评他们在这方面的主张缺乏『诚恳的精神』，做法不彻底。1919年12月1日，《新青年》七卷一号刊出《本志所用标点符号和行款的说明》，宣布统一使用『。』『，』『；』『、』『：』『？』『！』『——』『……』『‘’』『()』『﹏﹏』等十三种符号。还规定『每段的第一行必低两格』，句读『占一格』，『。』『？』『！』三个符号下面『必空一格』等。此前两天，钱玄同、胡适等六人还以国语统一筹备会的名义，向教育部提交《请颁行新式标点符号议案（修正案）》，规定了十二种新式标点符号的写法和用法。这一提议得到通过。1920年2月，教育部以第五十三号训令的方式，通令全国采用新式标点符号。尽管这些符号主要还是针对汉字竖排书写而言，但却构成了我们今天所使用的新式标点符号的基础。

中国人民大学博物馆藏陈独秀和钱玄同致胡适等信札十三封，绝大部分都写于教育部通令使用新式标点符号不久。最早一封离通令仅三个月。从两人的书信来看，他们对新式标点符号的使用都不仅相当娴熟，而且态度极其认真，也较为规范，文字或有潦草之处，标点竟难觅苟且之点，实在让人惊奇、钦佩。不仅如此，对于文字分段转头空两格的规定，他们也都严格地予以遵行。以钱玄同为例，他二封信共使用新式标点『。』『.』『，』『：』『？』『‘’』或竖排『[]』『()』『……』，以及长短不一的下画（或竖排左右画）曲线、下画（或竖排左右画）横线等符号共九种；陈独秀十一封信，除了上述符号外，还使用了『；』『、』『！』三种符号，共十二种。与钱玄同稍有不同的是，陈独秀竖排横线或曲线，都一律规范地画在字的右边；而钱玄同有时则左右皆画，有点不太统一；在陈独秀那里，『﹏』（书名号），偶尔也使用『‘’』（引号），略有一点不统一。这很能反映新式标点符号运用初期时普遍情形。

关于『？』和『！』的使用，最初曾遭受相对较多的反对。有人认为，汉语里有明确的疑问词和感叹词（如么、呢、乎、哉等），似不必多此一举地采用西式的问号和感叹号，以免重叠。而钱玄同则给予有力的反驳，他强调汉字的疑问和感叹，有时往往并不用上面所列举的诸字；即便是这些字，也还有其他各种用法，不是都拿来表疑问和感叹意思的，所以就表情达意等更为明确的语言基本要求而言，『?』和『!』的运用是万万不可少的。①从中国人民大学所藏的这些书信中钱玄同和陈独秀对这两个符号的具体使用，特别是陈独秀对『!』的自然、熟练、尽情和富有感染力的使用②，我们能够深刻地感受到钱氏所言的合理性，还在当时，这种新式标点符号就能如此迅速高歌凯进，实绝非偶然。

正因为这些新式标点符号的使用本身，已经成为书信作者陈、钱等人参与新文化运动的有机组成部分，所以这次笔者在参与整理公布这些信件时，特别注意要尽量保持原信中标点符号使用的原貌，以为历史见证。只有在迫不得已的情况下，才会略作变通处理，比如原信中表示人名地名和有些事物名下或名右的横线符号，就只得加以删除；有些表示书刊名的曲线符号，也只好改作为《》等。实际上，对这些初生的新式标点符号用法的深入了解，对我们准确理解原文含义和重新标点，也不是没有帮助的。以1920年5月25日陈独秀致胡适一信为例，信中提到李大钊所作的文章『李卜克奈西特与「五一」节』，以往学者就有误作为《李卜克奈西传》与《『五一』节》的。这里除了『特』与『传』二字难辨的障碍因素作怪外，与作者没有太留意陈氏原文规范的标点符号用法也不能说毫无关联。在该信的原文中，『李卜克奈西特』这一人名的右边，本来画有一直线，而直线表示的显然是人名而不可能是文著之名，文著之名用的必是曲线。同时，像《『五一』节》和同一信中的《罗素心理学》这类标读的不确，也都可以作如是观。③

在中国人民大学博物馆入藏的这批书信中，有两篇横排书写的信件格外引人注目：一封是钱玄同大体于1920年和1921年之交致胡适的信；另一封为陈独秀1932年致胡适的信。它们突出地说明了即使在日常交往的书信中，钱、陈二人也已有使用横排的文化自觉和自律要求。特别是钱玄同一信，还可能是现存书信中使用现代横排并标点书写最早的文物之一。这也并不奇怪。在《新青年》的主要编辑成员里，最早提倡汉字横排的，就是钱玄同。早在1917年5月，钱就在《新青年》三卷三号上与陈独秀大谈横排书写的必要与理由，他声言：『我固绝时主张汉文须改用左行横迤，如西文写法也。人目系左右相并，而非上下相重，试立室中，横视左右，甚为省力，若纵视上下，则一仰一俯，颇为费力。以此例彼，知看横行较易于直行。且右手写字，必自左至右，均无论汉文西文，一字笔

① 可见1918年9月15日《新青年》5卷3号中，胡适对慕楼和黄觉僧讨论句读符号意见的答复。

② 如1920年7月2日陈独秀致高一涵信的末尾，谈到北京同人都不来稿时，就写道：『长久如此，《新青年》便要无形取消了，奈何!』再比如1925年2月23日陈独秀致胡适信中，谈到报纸关于胡适的谣传时写道：『然而适之兄!你的老朋友见了此等新闻，怎不难受!』此种配合表情达意的『!』的使用，使得陈独秀的情态一下跃然纸上。

③ 参见欧阳哲生：《新青年》编辑演变之历史考辨——以1920—1921年同人书信为中心的探讨》，《历史研究》2009年第3期。后来在《新发现的一组关于〈新青年〉的同人来往书信》一文中（载《北京大学学报》（哲学社会科学版）2009年7月第3期），部分标点已得到作者的自我修正。

势，罕有自右至左者，然则汉文右行，其法实拙。若从西文写法，自左至右横迤而出，则无一不便。我极希望今后教科书从小学起，一律改用横写，不必专限于算学、理化、唱歌教本也。既用横写，则直过来横过去之病可免矣。』对此提议，陈独秀『极以为然』。三个月后，在《新青年》三卷六号上，钱玄同再就此问题致信陈独秀，陈又表示：『弟个人的意思，十分赞成，待同发行部和其他社友商量同意即可实行。』但不知商量的具体结果如何，反正后来的《新青年》虽采用了新式标点，但横排的提议，却始终没有实行，可见其阻力远较前者为大。

对于人文领域里的汉字横排，胡适的态度起初虽未必反对，起码也并不积极支持。这从1918年8月《新青年》五卷二号上，他答复主张横排的朱我农的有关质询中，可见一斑。胡适表示说，『《新青年》用横行，从前钱玄同先生也提议过。现以所以不曾实行者，因为这个究竟还是一个小节的问题』。针对朱我农强调所谓横排『可免墨水污袖』，胡适就认为纯属小节；至于朱氏强调横排『可以安放句读符号』一点，胡适则表示，这种考虑固然重要，但『直行也并不是绝对的不便用符号』。他还声明说：『我个人的意思，以为我们似乎应该练习直行文字的符读句号，以便句读直行的旧书。除了科学书与西洋历史地理等书不能不用横行，其余的中文书报尽可用直行』。可以推测，这种意见起初对《新青年》排版改良所产生的影响。不过，胡适的这种态度并不坚决。1919年1月，《北京大学月刊》创办，宣告采用横排，作为十二个编者之一的胡适就表示了认可，这可能受到他很尊重的蔡元培观点的影响。1922年决定创刊方针、次年正式出版的北京大学《国学季刊》，作为编委会主任的胡适，就决定全部采用横排。可见他的态度已逐渐改变，直至根本发生变化。这一改变，钱玄同和陈独秀自然十分了解，这也是他们乐于用横排给胡适写信的原因所在。

值得一提的还有，在陈独秀的这些书信中，有一封1920年7月2日他致高一涵的信。书信虽是竖写直行，但信笺的设计则完全是为横排准备。信笺上印有从左到右横排书写的『各尽所能，各取所需』八个大字，信笺下也印有同样横排的『劳工神圣社制』五个字，信格也是横格，这很可能是按照陈独秀的意思设计、为中共建党活动服务而又带有一点隐蔽功能的专用信笺。此种横信设计却直行书写的矛盾行为，不妨说正是当时理想与现实、追求与习惯仍然无法完全一致的文化过渡形态的历史缩影。

三、陶孟和还是钱玄同？一封书信作者的再辨认

在中国人民大学收藏的『陈独秀等致胡适信札』中，有一封信回答胡适有关诗经『双声叠韵』著作问题，奉劝他对陈独秀怀疑其与『研究系』接近一事不必介意，以免伤害彼此感情，也就是前文提到的那封钱玄同的横排书信，其作者考订曾经历一个曲折过程。因为该信末尾的签名，潦草而古怪，难以释读。唐宝林先生竟然误认其为英文。欧阳哲生在《北京大学学报》上公布该信时，由于无

法释读和分解这一签名，被迫采取谨慎的做法，用拍照的特殊方式，硬生生地将其整个『搬』上去，令人忍俊不禁。

由于上述缘故，该信的作者最初也就难以确定下来。但唐宝林先生明确认定作者是陶孟和。欧阳哲生也倾向于这种观点，故他整理公布此封信札时，就标明为『陶孟和致胡适』；他发表于《历史研究》的《〈新青年〉编辑演变之历史考辨》一文，也是这样处理。欧阳本人还告诉我，为了弄清该信作者，他曾请教耿云志、杨天石等前辈学者，其中杨天石先生表示，作者有可能是钱玄同。但欧阳还是认为陶孟和的可能性更大些，因为信中一开篇就谈道：『那第三个办法，照你所说的做去，我也很赞成。』而这『第三条办法』，熟悉《新青年》编辑内部纷争的学者都知道，那是陶孟和提出并坚持的意见，而钱玄同留下的另一封信的残件，却是毫不含糊地反对这一办法。另外，陈独秀在1920年12月16日的信里，责难胡适与『研究系』接近时，是将其与陶孟和并提的。他们两人就此私下交流意见，也很自然。这后一点是我的猜测，却是值得注意的背景。不过，欧阳哲生还是很慎重，他在此信签名处的按语中写道：『此处可能为陶孟和（履恭）的签名。从此信的内容和笔迹看，作者可能是陶孟和或钱玄同，我们倾向于是陶孟和』。① 这种学术态度不仅可以理解，也是值得赞赏的。

庆幸的是，此次当我们重新整理这批书信时，在鲁迅博物馆的一位老专家的帮助下，终于得以弄清此一签名的真相。原来该签名为民国时期语言学界通行的六个注音字母：ㄒㄩㄢㄊㄨㄥ。最后的『ㄥ』字使用了签名常用的回笔写法，有点变形。这六个注音字母的发音，如以现代汉语拼音去对应，声母『ㄒ』『ㄊ』分别对应于『x』和『t』；介母『ㄨ』『ㄩ』分别对应于『u』和『ü』；韵母『ㄢ』『ㄥ』分别对应于『an』和『eng』；『ㄨㄥ』合在一起，则对应于『ong』。因此，前三个字母拼起来读音为『玄』，后三个字母拼起来读音为『同』，合之则为『玄同』。

今天的人们对于『注音字母』已经很陌生了，然而在民国时期，这却是中国第一套法定的汉字形式的标注汉字的拼音字母。它1913年由『读音统一会』制定时，共有字母三十九个，1918年由北洋政府教育部公布采纳。1920年又增加一个字母，形成四十个字母的注音符号系统。注音字母又称国音字母、注音符号和注音字符。后台湾当局复改称为国音符号。它采用古汉字里笔画最简单的字作为符号来注音，在1958年现代汉语拼音方案实施前，一直通行。钱玄同很早就热心于注音字母，并赞成以罗马字母来辅助标中国音。1918年初，他在《新青年》上曾连载《论注音字母》一文，颇有影响。胡适曾参与五四时期关于国语运动的许多重要实践，他虽和陶孟和一样，对陈独秀和钱玄同等人热衷于世界语不感兴趣，但对注音符号却很是赞成和熟悉。钱玄同在给胡适的信里，故意使用注音字母来签名，应当说是不奇怪的。

令人疑惑的倒是，钱玄同何以在此信开头会赞同胡适提出的

① 见欧阳哲生：《新发现的一组关于〈新青年〉的同人来往书信》。

『第三条办法』？而在1个多月后，即1921年1月29日致胡适的信中，却又强烈地表达了完全相反的意见，他很动感情地表示：

> 至于孟和兄停办之说，我无论如何，是绝对不赞成的；而且以为是我们不应该说的。因为《新青年》的结合，完全是彼此思想投契的结合，不是办公司的结合。所以思想不投契了，尽可宣告退席，不可要求别人不办。换言之，即《新青年》若全体变为《苏维埃俄罗斯》的汉译本，甚至于说这是陈独秀、陈望道、李汉俊、袁振英等几个人的私产，我们也只可说陈独秀等办了一个『劳农化』的杂志，叫做《新青年》，我们和他全不相干而已，断断不能要求他们停板。①

对于上述这种『矛盾』，笔者以为可以有两种解释：一是，这种矛盾确实存在。起初，钱玄同对于该问题重视和思考不足，后来因受到与他关系密切的周作人、鲁迅观点的影响而改变了看法。二是，这种矛盾本身就不存在。胡适关于此事最早给钱玄同个人的信中所提到的『第三种办法』，可能并不是他后来总结的『停办』说。因为胡适在1920年12月底至1921年1月3日给陈独秀报告他所征求的北京同人的意见信中，甚至在此期间其他人的相关信函中，都没有提到钱玄同赞成第三条『停办』意见，而只强调这是陶孟和的观点。

我个人认为，后一种解释当更有说服力。

然无论哪一种解释符合事实，都不太影响我们对该信写作时间的判断。从内容来看，钱玄同致胡适此信的时间，当大约在1920年12月21日至1921年1月3日之间。因为此信中的主要内容之一，是直接回应陈独秀离开上海赴广州之前致胡适信中责难他和陶孟和与『研究系』接近一事，而陈信寄发于1920年12月16日，到达北京至少需要五天。这就是我们在重新整理此信时，如此标明其写作时间的依据。

四、1920年还是1921年？陈独秀一封书信的时间考实

在中国人民大学藏『陈独秀等致胡适信札』中，还有一封标明『9月5日』的信究竟作于哪一年，迄今尚未得到有力的论证和说明。这就是那封告知胡适《新青年》已寄百本到李大钊处转交、同时谈到『皖教厅』厅长人选的短信（也就是本次整理的十三封信中的第六封）。欧阳哲生标明该信作于1920年9月5日，他认为，信中『所言「已寄编辑诸君百本」，在前一天陈独秀致周作人信中亦提及，说明八卷一号已于9月1日出版，赠送刊物份数亦与群益书社前此提供的数目相同。惟「到守常处转交」一语和前此8月7日陈独秀致信王星拱、程演生，要求他们将筹款「送守常或申府手收」意同，说明李大钊实际已成为陈独秀在北京的代理人，表明七月份在沪诞

① 中国社会科学院近代史研究所中华民国史研究室编：《胡适来往书信选》（上册），香港中华书局1983年版，第122—123页。

生的共产主义小组开始有意识地建立自己的联系管道』。① 欧阳哲生如此强调这封信的意义，但他本人却没有提到，或无意于去论证该信业已存在分歧的具体日期问题，而两封信中『已寄编辑诸君百本』的相似表述，其实也并不能作为两信写作时间接续的直接证据，因为正如作者所提到的，这不过是一个长期沿袭的惯例而已。

与欧阳哲生不同，其他人在谈及此信时，却大都将其时间确定为 1921 年 9 月 5 日。如 2009 年嘉德拍卖公司的拍卖图录上就标明为 1921 年。陈独秀研究专家唐宝林先生也认为是 1921 年 9 月 5 日。值得一提的是，由于对该信的时间判断不同，唐宝林对该信意义的解读，也与欧阳哲生有所差别。在他看来，此信说明，（一）陈独秀与胡适、李大钊之间的关系发生了重要变化，以前的《新青年》刊物，多由陈寄胡分送北京同人，现在它正式成为共产党的机关刊物，李大钊作为陈组党最亲密的合作者，而胡适成了反对者，所以，陈寄赠刊物自然由胡转李，胡适对已经『变质』的《新青年》也不会再有兴趣，难以再做它的转送工作，而李大钊身边都是北京共产党支部的成员，自然如信中所说『他那里使用人多些』；（二）此时，陈独秀并不因政治思想的公开分歧而改变对胡适才智的赞赏，仍竭力推崇他任安徽教育厅长。② 这种有所差异的解读，实际上将弄清该信写作时间问题的重要性，更加地凸显出来。

笔者以为，唐宝林等人之所以肯定该信作于 1921 年，恐怕与此前陈独秀与胡适的另一封专谈『皖事』、希望胡适到安徽担任教育厅长的信，以及该信长期得到认可的时间标示有关。此信收录在中华书局出版、多年流行的《胡适来往书信选》（上）中，编者确定其写作时间为 1921 年 8 月 27 日。③ 信中写道：

> 皖事已有变化，我们在上海的同乡主张专力在教育上用功夫。首先注意的就（是）教育厅长问题，省城方面，已有可以接洽机会。教育部方面，我们当可建议。上海同乡都希望吾兄到皖担任此职。弟意兄下年倘决计不在北大，到安徽去办教育，也到很好。担任教育行政职务和他项官吏不同，但能做事，似不必避此形式。吾兄万一不能去，我们便想请任叔永兄担任。闻叔永兄已任教部秘书，出为厅长，较秘书更有权可以办事。吾兄倘以为然，便请你写信和他商量一下，得他同意，我们便可令京沪二处皖事改进会同人，分向京皖当局建议。望即赐复。　弟　独秀。八月廿七日

比较该信与中国人民大学藏陈独秀『9 月 5 日』致胡适信札的

① 欧阳哲生：《〈新青年〉编辑演变之历史考辨——以 1920—1921 年同人书信为中心的探讨》。

② 见唐宝林：《陈独秀与胡适难舍难分的历史记录——关于新发现的陈独秀等致胡适的 13 封信》，见『五柳村』网站，http://www.taosl.net。

③ 这一时间确定的影响很大，好些著作也都认为陈独秀举荐胡适出任安徽教育厅长是在 1921 年 8 至 9 月，如 2007 年湖北人民出版社出版、朱洪著《陈独秀与胡适》一书第四章，即如此处理。

内容，可以肯定两者间的直接承续关系。不过，《胡适来往书信选》确定其时间为1921年，却并不可靠。据研究，安徽这一时期的教育厅长风波实发生在1920年夏天安徽军阀倪嗣冲的统治发生危机及倒台前后，到该年10月中旬，教育部派普通教育司司长张继煦出任安徽教育厅长，即告以段落。其间，旅京、旅沪、旅宁的各安徽同乡会、皖事改进会与安徽本省内教育界中人，都曾提出各自中意的厅长人选，并且迫使教育部是年9月任命的厅长赵宪曾，于10月初即提出辞职。后经多方协商，特别是经由在京的胡适、高一涵等与教育部长范源濂等直接沟通，终于就厅长问题达成共识。10月14日，教育部公布张继煦为安徽教育厅长。在此前后，胡适、高一涵还曾专门致电陈独秀和安徽省教育会两封电报，做有关说服工作。电报其一称：『上海环龙路渔阳里陈独秀转同乡。教厅改任普通司长张继煦，此人狠（很）好，本年国语实施令，他的力最大，当能任皖事』。① 可见当时，陈独秀本人还在上海，没有到广州。他到广州是1920年底。长期以来，学界对胡适、高一涵这两封电报的具体时间，均未能考定，如耿云志先生主编的《胡适遗稿及秘藏书信》，他和欧阳哲生共同主编的《胡适书信集》，都判断此两封电报在『1920—1922年之间』，并将其暂系于1922年。直到最近两年，才有学者考定其时间为1920年10月14日前后②。这一考证，可以旁证笔者的结论：陈独秀写于9月5日的那封信，乃作于1920年，而不是1921年，更不会是1922年。

实际上，前引陈独秀8月27日致胡适那封信的有关内容本身，也能提示我们做出类似的判断。如该信中提到『闻叔永兄已任教部秘书，出为厅长，较秘书更有权可以办事』的信息，就值得注意。查，任鸿隽（字叔永）兼任教育部秘书的时间在1921年之前，1920年10月，他即接到范源濂正式聘其为教育部专门司司长的聘书，而他也于1921年1月即正式赴任。由此可推知，陈独秀写此信，不会晚于1921年1月。另外，陈独秀1920年12月底应陈炯明之邀，去广东担任教育行政委员会委员长，几个月下来，他已经是四面楚歌、难以为继。有关他在广东干不下去的消息，不断传到胡适等《新青年》编辑同人耳中，1921年5月和8月，他已两次提出辞呈，9月初即最终彻底离开广东。如果说他这时候，还有心思苦劝胡适到安徽去做类似的差事，实在有点不合情理。反之，若此事发生在他到广东任职之前，倒是很符合他当时的心态的。

综上所述，笔者认定，中国人民大学博物馆收藏的那封陈独秀致胡适谈『皖教厅事』的信件，写作时间当为1920年9月5日无疑。

---

① 见中国社会科学院近代史研究所中华民国史组编：《胡适来往书信选》上册，中华书局1979年版，第131页。另一封致安徽教育会的电报也写道：『教育部改任张继煦，本教部普通教育司长，品学皆好，思想亦新，似能任皖事』。同上。

② 见周宁：《胡适两封电报时间考辨——兼及1920年安徽迎拒教育厅长风潮》，《安徽史学》2009年第2期。

五、1932年10月10日陈独秀致胡适一信之历史解读——着重于胡适与陈独秀、李季关系的解析

在最新整理公布的陈独秀致胡适信札中，1932年10月10日的那封信是最后一封。它不仅因使用钢笔、横排书写而别具一格，信末那凸显陈氏个性的超大的『双十』二字，也格外彰目和引人遐思；信的内容本身及其所蕴藏的内涵，则更是丰富，从中既可以看到已成为中共托派领袖的陈独秀当时艰难的生活处境，也可以感受他在那种情况下，仍然执着于要在中国准确、扩大传播马克思主义的革命情怀，还可以通过其他一些相关资料的佐证，得以透视胡适与陈独秀、李季之历史关系的一些微妙方面，乃至他们三人为人行事的某些特点。

在这封书信里，陈独秀要求胡适利用他与商务印书馆的特殊关系和掌管中华文化教育基金会编译委员会的便利，帮忙办两件事。一是替李季翻译《资本论》寻找『婆家』，并且能预先支付部分稿酬；二是推动商务尽快出版他1928—1929年完成并陆续寄给胡适的《中国拼音文字草案》。关于第一件事，陈独秀表示，《资本论》这部『巨著』应该有人集中力量，尽快高质量地翻译出版。而当时中国真正能胜任这一工作的人，就英文和德文水平的综合程度、马克思经济学说知识之丰富和『任事顶真』等多方面来说，都无人能出李季之右。而李季为了谋生总『无法摆脱别的译稿』，恐不能集中精力，全力以赴从事这一重要事业，因此他需要有出版机关先预付稿酬，加以保证。这就是陈独秀要胡适『为此事谋之商务或庚子赔款的翻译机关』的理由①。由此可见，当上中共托派书记一年多的陈独秀，尽管生存十分窘迫，但对传播马克思主义的热情，仍然不减五四当年。

李季（1892—1967），字懋猷，湖南平江人。1918年毕业于北京大学英文科后，迅速投入五四新文化运动的浪潮中，因服膺社会主义，很快追随陈独秀，并成为中国共产党上海发起组最早的15名成员之一，后又一度随陈独秀到广东。1921年下半年赴德国留学，1924年转入苏联东方大学。1925年回国后，曾到上海、武汉教书并从事翻译事业。1929年，他又追随陈独秀，加入中共托派，直到1934年才自动退出②。1950年12月21日，他和刘仁静一道在《人民日报》发表声明，对托派思想和以往参与托派活动，表示悔过之意。

中国人民大学博物馆所藏的这批书信中，有一封陈独秀1920年7月2日致高一涵的信，信里提到，『听说李季君译了一本Kirkup的《社会主义史》』，这和高一涵正打算写的著作主题似乎重复，因此提醒高特别注意。可仅仅三个月内，该书就从有待审核的译稿，迅速变成陈独秀新成立的『新青年社』主持出版的『新青年丛书』之第一种，并于当年10月得以出版问世。不仅如此，『新青年丛书』还曾

① 参见笔者和张丁整理的《中国人民大学博物馆藏『陈独秀等致胡适信札』原文》第13封。以下所引此信同。

② 可见《李季的声明》。有学者认为他1930年即托离托派，实误。

出版李季主导翻译和独立翻译的罗素《到自由之路》与哈列《工团主义》。也就是说，在『新青年丛书』一共出版的十种著作里，李季的译著就占了三种，可见他当时在传播新思潮和陈独秀心目中的地位之一斑。五四时期，李季的这些译著还特别有影响，尤其是《社会主义史》，对当时渴望了解社会主义为何物的新青年来说，格外具有吸引力。延安时期，毛泽东在回忆中就提到，该书是他初步懂得马克思主义，尤其是『阶级斗争』学说的启蒙读物之一。留学德、苏期间，李季仍然苦心研读马克思本人的著作及其学说，在他与蔡元培和胡适的通信里，就留有这方面不少的生动记录。回国后，他还出版过《通俗资本论》(1926)，《马克思传》(1930) 等有影响的译著和著作。因此，1932年，陈独秀主张李季来翻译《资本论》，完全是秉持一种学者良心的荐贤之举。

关于第二件事，陈独秀表示，希望商务印书馆尽快『付印』他的《中国拼音文字草案》(信中写作『拼音文字草稿』)，一则可『免得将原稿失去，且可了结兄 (指胡适) 等对商务的一种悬案』；二则他还『痴想在这桩事上弄几文钱，可不必是实际的钱，而是想一部百衲本二十四史』。后者直可谓是对其自身生活窘困的一种坦承。

那么，胡适究竟是如何处理陈独秀所委托他办的上述两件事情的呢？由于陈独秀发出此信的第五天，即1932年10月15日就被国民党抓进监狱，一般人很难知晓有关结果。最近，笔者在阅读汪原放的《回忆亚东图书馆》一书中，竟然意外地找到了胡适一年后对处理此事的郑重回信，故乐于全文引录如下：

仲兄：

手示敬悉。

《资本论》，此间已托社会调查所吴半农、千家驹两君合译，已脱稿的第一册有三分之二了。第一分册已在四月前付商务排印。此二人皆极可靠，皆能用英德两国本子对勘。其第二册中Rent的一部分也已译成。此间与社会调查所已订有契约，不便再约季子重译。季子译书能力，自然能胜任此书。但我听说中山文化馆有约季子译此书之说。如此则季子另译一本，已有着落。如不归商务发行，则两书并无冲突。如两本均归商务印行，则商务不能不因此间契约关系，继续接受此间吴、千二君之译本。

『国语稿本』，已于四月前亲交商务。顷晤云五先生，他说，稿本字太小，不便影印。排印则有许多困难。他已与馆中商如何排印之法。迟印之因在此。

此次过京，匆匆不能来省视吾兄，十分失望。两个月后南下，当来奉看。

敬祝

安好。

适之

廿二、十一、二。

从该信表面来看，胡适对于陈独秀入狱前委托的第一件事，似乎早已安排办理，只是因故没让李季翻译，而是另请了陶孟和主持的社会调查所吴半农和千家驹两位来从事。实际上，在笔者看来，信中胡适百般解释不便让李季在商务印书馆翻译《资本论》的理由，归根结底都不过是托词，他只是不愿意让李季来享受中华文化教育基金编译委员会的资助而已。因为其一，陈独秀委托李季译事在先，千家驹等被胡适允诺翻译在后。据千家驹回忆说，他1932年从北京大学毕业时，因受到胡适赏识，被推荐进入社会调查所工作，次年，他建议胡适翻译《资本论》，得到采纳。①可见千家驹等获准翻译《资本论》是1933年的事。无论是胡适主动安排，还是千家驹自己提出建议，都改变不了这一事实，即，起先根本不存在『不便再约季子重译』的问题。其二，如果真想请李季翻译，即便中山文化馆于李季真有某种预约，也可以联系商量，而不妨碍商务印书馆最后帮助出版，但胡适却以『契约』关系为名，实际上连这种可能性也阻绝了。其三，为了强调吴、千取代李季翻译的合理性，胡适极力强调二人英德两种外文的能力，甚至不惜张大其辞②，反过来也显示他不愿让李季翻译的真实心态。

胡适何以会对李季有这种态度？只要我们深入了解李季回国之后，尤其是1930年至1932年他对胡适毫不留情地持续『大批判』的事实，就不难理解其中的缘由和隐情。最初，李季本与胡适的关系很密切。从现存1923年以前李季致胡适的书信和胡适的日记中，可以得知，李季在翻译《社会主义史》等译著的时候，对作为老师的胡适和蔡元培多有请教，胡适也很爱才，不仅对李季多有指点，在李季留德之前和之初，还曾多次帮助他，通过预支商务印书馆的翻译费，给他提供了不少路费和留学生活费用。但不知何故，李季回国之后，对蔡元培仍保持了尊敬，而对胡适却逐渐『深恶痛绝』起来。从1926年起，他在演说和文著中，就不断讥讽和挖苦胡适，并不再尊之为师，而调侃式地称之为『鼎鼎大名的胡博士』，1930年至1932年之间，也就是陈独秀写此信给胡适之前，李季更是集中精力对胡适的思想著作进行全面、系统的『清理式』大批判。不知他究竟与胡适起了什么个人恩怨、另有隐情，还是他纯粹激于阶级的『义愤』（他谴责胡适为『资产阶级学者』及其在学术思想上的『代言人』），抑或有如当时人就嘲弄的——他只是为了个人出风头，在学术界扬名立万？从其批判胡适的『处心积虑』，用词之辛辣、犀利和刻薄乃至人身攻击等来看，很可能是多种因素综合作用的结果，而以之作无产阶级的学术思想斗士之先锋，则乃其批判胡适内在的根本动力。

李季对胡适著作和思想进行系统批判，开始于1930年撰写个人回忆录《我的生平》。1932年1月，该书在与陈独秀和胡适关系都极密切的亚东图书馆出版（这本身也很奇怪），影响较大。在撰写完

① 见千家驹致唐德刚的信，见唐德刚：《书缘与人缘》中『千家驹论胡适』一节，台湾，传记文学出版社1991年版，第34—35页。

② 胡适在致陈独秀的信中强调千家驹等二人『皆能用英德两国本子对勘』，可千家驹在回忆里却只是强调他与吴半农二人『均由英译本转译，译好再互相校对』（见前注引『千家驹论胡适』），而丝毫未提他们懂德文、以英文和德文本互对之事。特别是千家驹，北京大学经济系本科刚刚毕业，年仅24岁。

该书中有关胡适的思想批判部分后，李季觉得有些具有单独出版的必要，遂将其中的《胡适〈中国哲学史大纲批判〉》交神州国光社于1931年先行出版，很快再版；另一本《辩证法还是实验主义》，也是《我的生平》中有关部分略加改扩的结果，1932年也由神州国光社出版，同年十月再版，次年三版。

在这些专门针对胡适的几十万字的著作中，李季痛诋胡适的学术和思想，认为他『奢谈进化论』，厚诬达尔文学说，为了强调自己『一点一滴的改良』论合理，竟不惜否认达尔文认可『突变』的事实，他如此『作伪心劳』『藉便私图，未免有伤忠厚』。① 在李季看来，胡适不仅『不懂或曲解达尔文主义』，还『完全不懂辩证法的发展史及其内容』，更『丝毫不懂卡尔（马克思）的政治学说』。他的『实验主义』，不过是浅薄的资产阶级维护资本主义现存统治的工具。② 对于胡适那部为中国哲学史书写奠定基础的《中国哲学史大纲》，李季的批判也毫不留情，他不满于学界长期以来『无聊的喝彩声』，指出其错误百出，批评胡适『观察力不敏锐，组织力不致密，创造力过于大胆』。胡适曾自吹此书为『中国一件大幸事』，李季则强调，根据他『十万字的批评』，『可以确切地告诉他（指胡适）和世人，这是中国一件大不幸的事』。③ 他还公开表示，『我们对于生锈和变钝的胡博士已经没有爱护

① 李季：《我的生平》第1册，亚东图书馆1932年4月版，第441、446页等处。
② 李季：《我的生平》第2册，同上，第509页等处。
③ 李季：《我的生平》第3册，同上，第825页。

的可能，也似乎没有爱护的必要』。④ 从这些批评里，我们已经难以再见昔日他们之间那密切的师生关系的丝毫影子。

笔者以为，李季站在左翼立场上，对胡适思想学说的系统和尖锐批判⑤，是近代中国思想史上一个很重要的历史现象。它不仅具有了1949年新中国成立后初期『胡适批判』的诸多基本特征，而且在许多方面所达到的广度、深度和辛辣度，也一点不亚于『蔚为大观』的后者。可惜迄今为止，学界的深入探讨还没有展开。

上述李季对胡适所做的一切，都发生在陈独秀写此信给胡适之前。胡适当然知道详情，陈独秀也不可能完全不知其事。事实上，在托派内部，批判胡适的有关思想当时正在成为一种时髦。1932年1月，托派核心人物彭述之在托派主办的刊物《读书杂志》第二卷一期上，就曾发表《评胡适之的实验主义与改良主义》的长文。同年，该杂志上还刊登过张岱年等关于李季的《胡适〈中国哲学史大纲批判〉》一书的多篇书评。作为托派首领而又与托派重要成员李季关系一直密切的陈独秀，自然是知情的，何况李季的系列『批胡』著作，还是如此的张扬?!

既然陈独秀知道『做事顶真』的李季大批胡适的事情，何以还要向胡适去写那封求援信？这实在是陈独秀的『可爱』和『天真』

④ 李季：《胡适〈中国哲学史大纲〉批判》，1932年10月，神州国光社再版，第261页。
⑤ 1949年，李季的《评胡适校长察善明理的独立思想》一文的开篇处，编者按语声称：『本文作者李季先生是中国思想界采取世界性的新的哲学观点，对胡适校长的思想与治学方法作全盘批评的第一人。』此文载《大学》1947年第1期。

处，有着革命家式粗犷的他，显然仍旧相信胡适的肚量；而胡适的坚定回绝，在今人看来本来也『情有可原』，然而他却仍要不动声色、『费尽周折』地去编造各种『理由』，以维护他自由宽容的一贯形象。这实在是太能体现胡适的性格了。

至于胡适何以要在陈独秀入狱一年多后的 1933 年 11 月 2 日才给陈独秀回信，笔者以为，恐怕与 10 月 25 日他从海外归国过访南京而未能去监狱探望陈，内心感到不安有关，或者陈独秀对此的不满，业已通过他们共同的朋友传到胡适那里，所以胡适才在给陈独秀的信末特别表示：『此次过京，匆匆不能来省视吾兄，十分失望。两个月后南下，当来奉看。』而既然要写信，对于陈入狱前请求他办理的那两件事情，也就不能不一并有所交代，是以有上述复信内容。不过，胡适毕竟是一个自由主义深入骨髓的学者，他虽然不同情马克思主义，也不愿再帮『孽徒』李季，但终究还是成全了《资本论》这部真正巨著的翻译事业。后来这些译著尽管有的译了『未予付印』，有的『已印就而不敢发售』，但都是『商务印书馆老板王云五怕国民党政府禁止』所致①，与胡适本人实际无关。

那么，陈独秀在收到胡适此信后，又是如何反应的呢？从他们两人共同的好友汪原放曾保留下来陈氏一封有关书信来看，陈不仅没有因为此信而原谅胡适，反而因此大大增加了对他的恶感，甚至扬言要与胡适彻底断交。这封信是陈在收到胡适信后 13 天写给汪原放的。

① 见前引『千家驹致唐德刚的信』。

在该信中，陈独秀继续发泄他对胡适与一班达官贵人『拜会吃酒』而无暇探视他的不满，并对汪氏为胡辩护『深为吃惊』，同时还动情地表示说：『弟前函及此函所说关于老胡之事，望勿告知他人，即令叔（指汪孟邹）亦不必令知之，君子绝交不出恶声也。我和他仅仅友谊关系，其他一切不必谈，他现在既不以友谊态度待我，不过旧朋友当中又失去一个，如此而已。』②可见陈独秀当时写给汪原放骂胡适的信，还不止一封。笔者以为，这其中，很可能包括他对胡适信中所告知的处理那两件事的方式——特别是对待他《中国拼音文字草案》处理方式的明显不满。陈独秀特将此信通过汪原放转交李季：『望予季子一阅』，③这当是胡适此信最终得以存留在汪氏手里的缘由。

《中国拼音文字草案》，也即陈独秀信中所言的『拼音文字草稿』和胡适信中泛称的『国语稿本』，是陈在失去中共党内政治地位后特别看重、苦心结撰的学术著作，1929 年 3 月，他最终完成此书后，陆续寄给胡适，希望能得以在学术地位崇高的商务印书馆出版。然而，由于他遭受通缉的政治原因，商务根本就不敢出版此书。胡适与张元济、王云五等沟通后，只得以『稿酬』的名义，先寄给他 1000 元，以帮助困窘中的陈氏维持生活。然而并未得知真相的陈独秀，却一直以为商务早已接受出版，故不断向胡适打听催问出版进度。然而这次，胡适竟然告诉他，直到四个月前——1933 年的 6—7 月才将这部稿子『前亲交商务』，并大谈至今未能印刷的诸多纯技术

② 见汪原放：《回忆亚东图书馆》，学林出版社 1983 年版，第 171 页。
③ 见汪原放：《回忆亚东图书馆》，学林出版社 1983 年版，第 171 页。

上的原因，这怎不令他生气！在胡适一方，可能出于厚道、不愿刺激狱中的陈独秀，故不得不继续有所隐瞒；而一旦知道真相，在提着脑袋干革命的陈独秀看来，便不仅是朋友间不应有的欺骗，而且连一个已经入狱之人的纯学术著作都不敢出，简直还是懦夫和软骨头！这就是他一时气愤、要与胡适断交的原因。当然后来，由于胡适的主动探视和救援努力，其彼此的友谊关系，仍得以一种新的形式继续维持下来。

此种解读，恐与时贤同道有所差异①，也还需要进一步验证。姑聊备一说，以待匡正。

以上，本文大体探讨了五个问题，有的是考辨中国人民大学博物馆所藏这批书信的作者和写作时间的；有的是说明这些书信的新的书写形式特征及其文化意义的；有的则是关于这些书信的内容及其历史内涵解读的，凡此，都可以从不同角度表明这些书信重要的历史文献价值。当然，这些书信的文献价值尚远不止此，专门研究陈独秀的学者，可能还会从中得到更多的收获。比如，长期以来人们都认为陈独秀接受陈炯明邀请，正式到达广州任职广东教育行政委员会委员长，是在1920年12月29日（可参见林茂生、唐宝林著《陈独秀年谱》，一说12月26日），可只要阅读陈独秀1920年12月21日致高一涵和胡适那封信，就可得知，其实陈到达广州的确切时间，当是1920年12月20日无疑。因为此信开头写得很明白：『十七日由上海动身，昨日到广州，今天休息一天，一切朋友都尚未见面。』

再比如，迄今为止，人们都认为陈独秀刚到广州时，是住在『泰康里附近的回龙里九曲巷』，可是最近，在建党九十周年的纪念活动中，有的广东党史工作者照此地址去寻找陈独秀到达广州后的故居，结果却一无所获。一位在附近生活了近50年的老太太明确表示，她从没有听说过这个地方，只知道有回龙路。这就使得我们的研究者可以反思一下：以往的记录是否可能有错？值得指出的是，在中国人民大学博物馆所收藏的这批书信中，除了13封书信之外，其实还有一个没有书信的空信封，该信封上存留了有用的信息。其正面题写的是：『北京后门内钟鼓寺胡同十四号　胡适之先生，广州太平沙回龙下街六号　陈寄　二月十五日。』信封背面的邮戳则表明，此信于（民国）十年（1921年）二月十五日发于广州，十年二月二十四日到达北京。这一信封上所写明的发信地址，显然能为寻找陈独秀在广东的故居，提供新的有力线索。②

（原载《中国人民大学学报》2012年第一期，收录本书时略有修改）

① 可参见前引唐宝林先生文。

② 学者陈晓平根据这枚信封，在此研究的基础上，进一步考证了陈独秀1920—1923年间在广州的住所，『看云楼』就在回龙下街六号。应尽快弄清其确切位置。见《陈晓平：陈独秀的广州寓所看云楼究竟在何处？》，见微信公众号『澎湃私家历史』，2021年5月5日。

跋语

张丁

本书收录的信札包括四个部分：一、陈独秀、钱玄同致胡适等信札，十三通廿七页；二、李大钊致胡适信札，一通十页；三、周作人致李大钊信札，二通三页；四、梁启超致胡适信札、词稿，十通三十四页。合计廿七通七十四页，外加二个实寄封。

这些信札现分别收藏于中国人民大学博物馆和香港翰墨轩。信札的写作年代最早的是一九二〇年，最晚的是一九三二年，绝大多数写于一九二〇至一九二一年和一九二〇年代中期前后。信札的内容主要是关于《新青年》的办刊意见、陈独秀和胡适的思想交流、梁启超和胡适的学术交流等。信札的作者是陈独秀、李大钊、钱玄同、周作人、梁启超，收信人主要是胡适，兼及李大钊、高一涵、钱玄同、鲁迅、周作人、陶孟和、张慰慈、王星拱。从信札内容来看，关于《新青年》的部分信札当时经过了编辑同人的传阅，最终由胡适保存。

这批信札由胡适从中国带至美国，长期保存于他在华盛顿的家中，尘封八十余年，二〇〇九年初由中国嘉德拍卖公司拓晓堂先生征集回国，并分别于当年和次年五月公开拍卖。

二〇〇九年五月初，一批由胡适保存的《新青年》同人信札即将亮相拍场的消息在收藏界、文史界引起了震动。国家文物局迅速组织专家鉴定，确认为真迹和珍贵文物，一批公私收藏机构和个人藏家摩拳擦掌、跃跃欲试。这其中就有成立不久的人大博物馆，非常渴望能够收藏这批重要文物，征得学校领导和相关部门的支持，博物馆为竞标进行了精心的准备。

五月三十日，周六，上午，北京嘉里中心，中国嘉德古籍善本专场即将开拍，各路买家纷纷进场，现场二三百个座椅基本满员。十一点整，拍卖师宣布拍卖规则，一再重申国家优先购买的政策，现场笼罩着大战前的紧张气氛。随后，拍卖准时开始。『陈独秀等致胡适信札』的拍卖顺序是2833，排在本场第三十三号，从一百五十万元起拍，经过六分钟的激烈争夺，最终北京的一位收藏家以四百九十五万元拍下，加上百分之十二的佣金，需要支付的成交价款为五百五十四万四千元，创下了中国信札拍卖的新记录。

现场举牌的藏家中，就有中国人民大学的热心校友，可惜功亏一篑，未能问鼎。按照《文物保护法》的规定和拍卖公司事先的声明，在拍卖落槌后的一周之内，如果国有文物收藏单位出同样的价款，可以从私人藏家手中优先收购。为此，中国人民大学充分研究了相关政策，校领导果断决策，热心校友胡陆军、黄曙明慷慨解囊，校办、博物馆、财务处、基金会相互配合，在国家文物局的支持下，迅速启动了优先购买程序。各方经过近一周的努力，终于在六月五日完成相关必要手续。

当日，国家文物局向嘉德拍卖公司发出文物博函〔二〇〇九〕625号《关于优先购买『陈独秀等致胡适信札》的函》，决定对第 2833 号拍品『陈独秀等致胡适信札』按照成交价行使国家优先购买权。嘉德公司在获悉国家文物局的决定后，第一时间将文件内容通报给第 2833 号拍品『陈独秀等致胡适信札』的现场买受人。买受人得知有关部门的决定后，在深表遗憾的同时，也表达了对于国家收藏机构的理解。

此举是国家文物主管部门依据《文物保护法》的规定首次实施『文物优先购买权』，被认为具有里程碑意义，引起了社会的广泛关注。《北京晚报》、新华社、中新社、《光明日报》《新民晚报》等各大媒体均报道了这一新举措，并入选『二〇〇九年拍卖业十大事件』之一。

七月二十七日下午两点半，『陈独秀等致胡适信札入藏仪式』在中国人民大学逸夫会堂贵宾室隆重举行。中国人民大学和国家文物局签署了《文物交接协议》，『陈独秀等致胡适信札』共计十三通廿七页由人大博物馆正式收藏。时任国家文物局局长单霁翔在致辞中说，国家文物局在对『陈独秀等致胡适信札』这批拍卖标的进行审核时发现，『陈独秀等致胡适信札』不仅仅是写给胡适一个人的，有些信札的收信人还包括李大钊、鲁迅兄弟和钱玄同等人，内容涉及不少重大的历史事件，具有十分重要的史料价值，属于国家珍贵文物。在与拍卖公司沟通后，在保证各方利益的前提下，国家文物局依法行使了国家优先购买权，保证了文物留在国有收藏单位。中国人民大学是中国共产党创立的第一所新型正规大学，收藏、展示、研究等综合实力十分雄厚，国家把这批涉及建党历史的重要文物交由中国人民大学博物馆收藏保管，并开展相关学术研究，是一个理想的选择。

故事并未结束。一年之后，又有一批胡适保存的《新青年》同人信札亮相嘉德春拍，包括一九二一年李大钊致胡适的一通十页，以及周作人致李大钊的二通三页，格外引人关注。已经与《新青年》同人信札有前缘的人大博物馆岂能错过此次机会？在校领导的支持下，经过充分准备，二〇一〇年五月十五日下午，我方再次走上拍场，不料现场买家竞争更为激烈，价格一路走高，遗憾未能如愿。最后落槌价贰百五十万元，由香港翰墨轩许礼平先生竞得，加佣金共贰百捌拾万元，中国信札拍卖成交价格再创新高。

至此，关于《新青年》同人的一组信札最终花落南北两家。学者们很快开展了相关学术研究。欧阳哲生教授率先发表了关于陈独秀致胡适信札的专题研究文章；夏晓虹教授以新发现的梁启超致胡适信札为中心，分别撰写了关于两位学术大师学术及诗学因缘等方面的研究论文；中国人民大学组织学者对陈独秀、钱玄同致胡适等信札进行了整理注释，连同黄兴涛、齐鹏飞等学者的研究文章，一起发表在二〇一二年第一期人大学报上；二〇一三年，唐宝林先生出版了陈独秀研究的集大成之作《陈独秀全传》，运用了这些史料。

十多年过去了，关于这批信札的话题一直没有停止。提到『五四』、新文化运动、《新青年》、建党、陈独秀、胡适等，总会提起它们。在收藏界，盘点信札拍卖，总会提到它们。特别是文物优先购买权的实践，开创了国有文物收藏单位从市场购买重要文物的新渠道，为后来者所效仿。二〇一三年初，人大博物馆新馆开展，部分信札复制件在家书展厅长期展出。同年，嘉德拍卖举行二十周年庆典，把它列为重要拍品之一。二〇一六年四月至七月，人大博物馆公开展出了陈独秀、梁启超致胡适等信札原件。

二〇一九年一月，笔者在中华世纪坛中华家风展开幕式上偶遇许礼平先生，提出了合作出版陈、李等信札的设想，得到许先生的爽快应允。随后，在馆领导的鼎力支持下，经校领导同意，我们与香港翰墨轩签署了两批信札『合璧』出版的协议，信札出版工作提上日程。

如今，陈独秀、李大钊致胡适等信札问世已经一个世纪，公开出版，恰逢其时。感谢为保存、回归、收藏研究此批信札付出努力的各方人士，感谢胡陆军、黄曙明两位校友的慷慨捐赠，感谢著名学者孙郁教授病中赐序，感谢北京鲁迅博物馆刘思源先生在信札释读方面的帮助，感谢人民出版社编审侯俊智先生参与策划、亲自编辑，感谢促成本书出版的各位领导、专家学者，愿新文化先驱们的思想之光照亮我们的前行之路。

二〇二二年九月廿五日

（作者系中国人民大学博物馆研究馆员）